我到底殺了誰？
鄭海蓮——著

二〇一四年

濃郁的森林氣息下亮著三盞小小的燈光。呼出一口氣，白色的煙霧飄散至空中。雖然超過晚上十點了，森林遠處的青少年活動中心依然亮著燈。從時不時傳來的歡呼聲看來，他們搞不好在架營火或團康活動之類的。看著看著，再次轉過頭，元泰往地上吐了吐口水。雖然他平常也這樣，但今天感覺心情更不好了。一定是因為學校的事。

「真是的，這種鄉下有什麼好玩的，幹嘛來這邊吵得要命，媽的煩死。」

元泰的口氣和剛才吐口水的時候沒什麼差別。

「你幹嘛把氣出在其他小鬼身上啊？你有被害妄想症喔？」

站在一旁的畢鎮笑個不停，元泰的表情更扭曲了，但不知道是太暗還是根本沒發現，畢鎮感覺不是很在意。

今天元泰在學校被處罰停學十五天，因為檢查書包的時候被搜到菸盒。元泰裝腔作勢地跑去頂撞英文老師，還不自覺揮了拳頭。雖然沒有真的打，只是作勢揮拳嚇唬老師，老師卻嚇到跌坐在地。更嚴重的是，老師竟然有孕在身。後來老師被送去醫院，幸好沒有流產。而已經淪為全民公敵的元泰，甚至被新聞報導，他低著頭接受警方調查的照片登上了地方新聞。

「不要再吵了啦。」

坐在石頭上的善赫一開口，元泰就從地上撿起小石頭朝他丟過去。

「所以不關你的事嗎？」

善赫輕輕躲開，舉起手示意他別再丟了。

「那小子最近很會劃清界線耶，終於懂事了是不是？」

「笑死。」

善赫雖然笑著應付了過去，卻有種祕密被揭穿的感覺。其實善赫和他們兩個的關係，最近開始變得有點尷尬。他們現在高二，再過不久就要成為大人，不管要不要上大學，都即將為自己的人生負責。的確感受到沒辦法繼續像這樣一群人待在一起鬼混，避開大人偷抽菸，吊兒郎當度日了。雖然沒有要馬上開始唸書，展開新的人生，但看到那些為了賺大學學費而打工到很晚的人，就覺得這不只是別人的事情。就算不上大學，要直接工作，他也知道現在差不多是時候打起精神了。他知道像自己這樣沒有父母的人，如果要自食其力的話，就不能像現在這樣過日子。現在也很快要去保護所露個面了。

話雖如此，並沒有要跟他們徹底斷絕關係。畢竟還有薄弱的友情，跟這兩人一起玩也算是滿有趣的。

夾在其他書呆子之間假裝讀書，也不太符合他本人的喜好。當然如果他真的變成書呆子，這兩人也不會輕易放過他就是了。

「就是說玩也要玩得符合年紀一點啊，你們這些幼稚鬼。」

「啊，好的好的。」

元泰諷刺地鞠躬哈腰，畢鎮在旁邊笑。

善赫深深吸了最後一口菸，然後把菸蒂丟在地上，一邊用腳把菸踩熄，一邊說：

「走吧，待在這很冷。」

已經冷到無法區分口裡冒出的白煙究竟是香菸的煙還是霧氣了。雖然還是晚秋，但可能因為是森林，入夜之後到淩晨都更加寒冷。在這種路過的十個人裡至少認識一個的鄉下地方，實在沒辦法隨處抽菸，所以三人經常跑來森林裡玩。夏天的時候，還曾經在這喝酒喝到被蚊子叮了個半死，在醫院惹了不少麻煩。但不管怎樣，沒有其他地方比得上這座森林。因為除了其他學校會來這裡戶外露營之外，這附近幾乎都沒什麼人煙。

等到冬天，就會去只有他們三人知道的地方了。

穿過森林，一直走到懸崖邊，有一個僅能容身的小山洞。冬天的時候，那裡是他們三人的祕密基地。

「哇，你現在是要拋棄這位大哥嗎？」

元泰投來責備的眼神，因為明天就不能去學校了，大概是要人安慰他一整晚的意思。

「吳善赫，不要這樣嘛，玩久一點再回去。」

畢鎮又補充了一句。原本想從石頭上站起身的善赫又把屁股坐了回去。

「待在這整個晚上要幹嘛？我孤兒耶。」

「媽的乞丐，這小子每天說自己是孤兒。」

「你第一天知道我乞丐喔？你知道安置保護停止後我過得有多辛苦嗎？」

「這小子動不動就說這件事。」

「有沒有錢啊？想喝酒了。」

元泰攤開手掌，向畢鎮和善赫來回揮了揮。畢鎮和善赫雖然互看一眼，但只是聳聳肩。就算晚回家也不用擔心有人嘮叨的三個人，口袋的深度果然大同小異。

「喂，等等。」

元泰壓低身體，把食指抵在嘴唇中央。善赫和畢鎮也停止說話，把身子壓低。稍遠處傳來踩踏碎石的聲音，有人過來了，可能是來活動中心露營的學校老師在視察周圍吧。善赫怕抽菸被抓到，用腳撥土蓋住剛剛丟在地上的菸蒂。抬起頭後，看見元泰的表情很奇怪，就像抓到什麼把柄的人一樣，勾起一邊的嘴角輕笑起來，眼睛閃閃發亮。他一和善赫對到眼，就用手指向傳出聲音的地方。

最先看見的東西是手電筒的光，那光圈不安地搖晃著。善赫把身體稍稍再往前探一點，才看見了拿手電筒的主角。

是個看起來跟他們年紀差不多的男學生。他穿著灰色運動服，披著同樣顏色的夾克。拉鍊一直拉到脖子的下面。他一隻手拿著手電筒，另一隻手放在夾克的口袋裡。雖然步伐急促，卻也時不時將手電筒照向兩旁綿延的樹林。他看起來就是來活動中心露營的學生，三人站著的地方是活動中心圍籬外的森林。

既然不從正門，而是從這裡出來，表示他一定是瞞著老師想出來買點什麼。

善赫看見畢鎮和元泰交換了一個眼神，還意味深長地笑起來。

「喂，不要……」

正想阻止他們，兩人已經走到路上了。

「喂！」

元泰一喊，拿手電筒的男生便停下腳步，把手電筒往傳出聲音的地方照，明亮的燈光非常刺眼。

「媽的，你想把我弄瞎啊，把燈關掉。」

畢鎮揮著手說。手電筒的燈光雖然稍微往下移動，但還是照在三人身上，燈光微微顫抖著。

「要聊一下嗎？」

畢鎮和元泰上前搭話。那男生開始磨蹭著往後退，一看就是被不良少年纏上的表情。他用驚恐的眼神來回看著三人。

瞬間，善赫在黑暗中感覺那男生和自己四目相對，那是一雙彷彿在請求什麼的哀切眼神。

男學生突然往後拔腿狂奔。

「抓住他！」

元泰大喊，畢鎮在後面追趕。

「喂，往那邊！」

聽到元泰的指示，善赫才回過神，跟著跑進森林裡。沒有誰比他們三人更熟悉這林間小路了。他們很清楚怎樣才能追上只仰賴手電筒亮光奔跑的男學生。不管草叢有多茂密、天色有多暗，三人對這座森林的路都瞭若指掌。善赫跑進右邊的林道，元泰跑進左邊的林道，又忽然調轉方向。接著他們衝回路上，預料般地擋住了男學生的前進方向。男學生停下腳步，觀察他們的表情，又往後拔腿狂奔，但畢鎮早就堵在他身後。

「來露營嗎？」

畢鎮喘著粗氣，走向前去，雖然男學生往後退了幾步，但越往後退，只會離善赫和元泰越來越近。男學生咬著下唇，垂下頭說：

「對不起我錯了，請放我走吧。」

元泰噗哧笑出聲來。

「你在說什麼啊？你錯在哪？好，那你自己說說看你做錯什麼。」

元泰用手臂勾住男學生的肩膀。男學生不停發抖，但什麼話都沒說。善赫有點在意現在離活動中心越來越近，萬一周圍有老師在巡邏就糟了。他可不想因為一時的玩笑像元泰一樣遭到停學。

「你說啊！」

元泰的拳頭直直捶向男學生的肚子。男學生乾咳一聲，彎下了腰。可能因為太痛，他不禁跪了下來。元泰一直到上國中前都在學拳擊。

畢鎮一股腦地在男學生旁邊坐下，狀似親暱地靠過去。他拍拍男學生的肩膀，好像上面沾了灰塵一樣。

「你幾年級的？」

「二、二年級……」

「那我們同年嘛！」

畢鎮掛在男學生肩膀上的手臂，又更用力收緊了。

「我們只是想跟你當朋友而已啦，你來露營啊？」

畢鎮問完以後，不等人回話，又自顧自地說下去。

「那你身上一定有錢吧？」

畢鎮把手伸進男學生夾克右邊的口袋。

「沒有。」

男學生拚命扭動身體，手還放在男生夾克口袋裡的畢鎮因此被扭倒在地。

「你們在雜耍嗎？」

元泰一邊吐口水，一邊上前揪住男學生的衣領。

「來露營還這時候跑出來，不就很明顯，你就是要去買酒啊，還說沒錢？」

「沒有，不是要買酒。」

雖然男學生想掙脫元泰的手，但看來沒這麼容易。

「善赫你在幹嘛？」

元泰轉頭問道。善赫也不知不覺走上前翻著男學生的口袋，皮夾放在夾克內層的口袋。他想把拉鍊拉下來拿出皮夾，但男學生用力扭動，死命抓著從外面看起來像皮夾的那塊東西。

「不行、不行，拜託放我走吧。」

「媽的給我閉嘴，老子今天心情不好。」

元泰敲了男學生的頭。善赫從男學生夾克的內袋掏出皮夾搶了過來。是個皮製的黑色短夾。打開後最先映入眼簾的是學生證和交通卡。原本倒在地上的畢鎮不知何時撿來掉在地上的手電筒，照向皮夾。

「銀波高級中學白道振，你讀的學校也太好。現在我們知道你名字了，嘴巴最好給我小心一點。」

「請還給我，請還我皮夾。」

「媽的，我們都一九九七年生在那邊跟我講請還我。找死是不是？還不閉嘴？」

元泰抬起手，男學生反射性地躲身舉起雙手阻擋。畢鎮趁元泰威脅的時候打開放紙鈔的那一層，數了數，不禁發出難以置信的乾笑。

「三萬塊（約新台幣650元）？才三萬塊有必要跑成那樣嗎？」

雖然無言，但畢鎮還是把那三萬塊拿出來，這時男學生用力推了元泰一把，衝向畢鎮。因為太過突然，元泰往後跌了一跤，男學生用盡全力纏上畢鎮，想搶回皮夾和錢。

「喔，喔……」

這回連畢鎮都倒退幾步差點跌倒。剛剛還像羊入虎口般抖個不停，但現在他不知哪來的力氣，居然成功從畢鎮手中搶回皮夾。

「喂！」

善赫不得已走上前。男學生現在正雙眼圓睜，急著想從畢鎮手上搶回三萬塊。畢鎮已經跌坐在地，男學生坐在畢鎮肚子上抓著畢鎮的手腕。善赫並不想動拳頭，只想著把兩人分開。他緊緊抓住男學生的手，不讓男學生出力。

「滾啦！」

元泰大喊，同時間響起碰地一聲巨響。喀啦，伴隨某個東西碎裂的聲音，男學生就這樣撲倒在地。某種黏稠的液體噴在善赫手上。善赫轉頭，看見元泰單手拿著一顆拳頭大小的石塊，氣喘吁吁。另一隻手抓著肚子，手指間有血跡。大概是剛剛被男學生推倒的時候，被樹枝之類的東西刺傷了。但善赫手上沾到的並不是元泰的血。

「他媽的有夠衰小。」

「欸……」

聽到畢鎮的聲音，善赫回過神來才發現畢鎮被壓在男學生下面，正掙扎著要人幫忙。善赫連忙跑去拉男學生的肩膀讓他翻身。

男學生的身體軟弱無力地被翻過來的瞬間，滴答，從男學生頭上流下來的血同時滴在畢鎮的臉上。

「啊啊！」

畢鎮大喊一聲，善赫也嚇到直接鬆手。男學生就像一件被隨手亂丟的破衣服一樣癱在地上。

畢鎮想把血擦掉，用手大力抹臉，血卻越抹越大片，看起來更恐怖了。善赫趕緊靠近男學生身邊，伸手觸碰他頸部，接著摸他胸口，然後搖了搖他的身體。男學生的身體跟著善赫的手晃動，善赫和畢鎮交換了一個眼神，兩人慢慢轉頭，對著呆呆站著的元泰說：

「他死了。」

很久很久之後再回想起來，卻不知說這句話的人究竟是善赫，還是畢鎮，還是兩人一起說的。

然後那天，這麼大費周章搶來的三萬塊究竟是誰拿去做了什麼，也想不起來了。

善赫的車滑順地轉彎駛入，圓形的車燈劃開了黑暗。停車場裡空位很多，大概因為是晚上。他關掉引擎，看見正面入口有幾個穿黑西裝的男人正聚在一起抽菸。善赫同樣也非常渴望來上一根，但他答應女友紫熙要戒菸已經三個月了。雖然還是有抽菸的慾望，但如果現在碰菸的話，不只會讓紫熙失望，這三個月來的辛苦也會全部化為泡沫。他聊勝於無地拿了一顆紫熙要他想抽菸就吃的糖果放進嘴裡，不過在殯儀館吃糖好像不太禮貌就是了。

善赫走下車，一邊扣起西裝的鈕扣。他無意間抬頭望向這棟建築，六層樓的構造，高處有塊招牌寫著「越善殯儀館」，招牌的燈亮著。

接到訃聞是今天早上的事。在上班途中和紫熙講電話時，聽到了訊息通知音效。想著應該又是一如往常的廣告簡訊吧，他慢條斯理地掛掉電話，看到的簡訊內容卻是意料之外。

〔訃聞〕

喪主：閔宣子

亡者：高元泰

弔唁處：堤先市越善面二八，越善殯儀館三號廳

出殯：二〇二三年八月二十日上午十時

元泰竟然死了，完全意想不到的消息。高中畢業之後善赫就上來銀波市，讀完專科大學就進入職場。雖然因此和三人幫的元泰及畢鎮越來越少聯絡，但偶爾通電話或傳訊息時，並沒有聽說他身體健康有問題。

元泰先前因為詐欺案入獄，幾個月前出獄了。這也是他和元泰疏遠的契機之一。出獄後元泰曾經打來幾次電話，說他找不到工作。雖然沒辦法幫忙，但感覺得到他非常困擾。儘管如此，元泰也不是會因為這種事就自殺的人。接到簡訊後，他試著打電話給傳訊息來的元泰母親，但沒有人接。或許是出車禍也說不定。

「來啦。」

善赫站著發呆，忽然有人過來拍他的肩膀。轉頭一看，是畢鎮。善赫想著究竟有多久沒見面，赫然發現快要一年了。畢鎮在這段時間內胖了不少，原本的尖下巴變得豐潤許多。

「嗯。」

手一伸出去，畢鎮便立刻回握。善赫用不可置信的表情再次掃視了殯儀館，然後說：「不曉得這到底怎麼回事，元泰死了？你有聽說什麼嗎？」

畢業之後，畢鎮留在越善面。而雖然聽說元泰出獄後去了銀波市，但元泰的母親留在越善。

畢鎮應該多少有聽到一些傳聞才對，但畢鎮卻搖搖頭。

「我也不太清楚。我平常也沒有特別和他媽媽聯絡，看到訃聞我也嚇了一跳。」

「先進去再說吧。」

善赫拍著畢鎮的肩膀走進殯儀館，刻意沒有提起元泰曾拜託他幫忙找工作的事。

入口連接著長長的走道，向兩側延伸，走道旁裝飾著一整排滿是白色花朵的巨大花圈。中間各個房間隨時有類似工作人員的人進進出出，他們的表情無比淡然。在善赫看來，雖然今天接到訃聞的消息讓人不禁啞然，但在這裡卻是如此稀鬆平常的日常，這更令他感到不可思議。

三號廳位在走道最裡面。

那裡的氣氛跟其他房間比起來，簡直像畫有界線一樣截然不同。連一個花圈都沒有，也沒有出入弔唁的賓客。如果沒有房間外標示故人姓名的螢幕，可能還會誤以為簡訊發錯了。

這件事倒也不是全然令人無法接受。雖然二十七歲還算年輕，但會為元泰最後一段路哀悼的人的確不可能太多，元泰的人生便是如此。他幾乎向所有認識的人借錢不還，就算聯絡他還錢，他也氣都不吭一聲。元泰就這樣進了監獄，借他錢的人也認為乾脆放棄，追討也沒有意義了。就算受人恩惠，除了拖累也無以回報，這就是元泰的人生。如果我死了會怎麼樣呢，善赫忽然冒出這個念頭，接著又和畢鎮互看一眼，走進廳內。

不同於剛才經過的幾間靈堂，這裡的接待室和弔唁室沒有那麼大。不過還是有幾雙脫下來的鞋子，看來也不是完全沒有人來弔唁。入口的奠儀箱前面一個人都沒有。善赫從西裝內側口袋拿出事先準備好的奠儀放進箱子，正在寫簽名簿時，忽然感受到某人的視線。他回頭，發現接待室裡站了幾個男人，正在往這裡看。他們發現善赫在看，便避開他的目光，但總感覺有點怪怪的。

「進去吧。」

畢鎮拍拍善赫的手臂說。

「嗯。」

他們穿過接待室，走進弔唁室，坐在裡面身穿喪主服飾的老婦抬起了頭。她看見兩人，便按著膝蓋艱難地起身，這一定是元泰的母親。不管高中有多親近，他們也不是會和彼此父母聯絡的關係，三人的家庭問題都很複雜。元泰沒回家的日子，很明顯就是母親把客人帶回家的日子。元泰雖然很少提到自己的母親，但偶然間說起的時候，都會叫她「破麻」。老婦的臉上連淚痕都沒有。

室內正面掛著元泰的照片，可能是去河邊玩的時候拍的，他坐在石頭上，褲管捲到膝蓋，對著鏡頭笑得燦爛。藍色漁夫帽和他不搭，如果元泰還活著，他們一定會嘲笑他這張看起來像個阿伯的照片。

那照片會是跟誰去玩的時候拍的呢？元泰總是能很快與人交好，就跟他各種轉瞬即逝的友誼一樣快。跟他一起經歷照片中那次旅行的人，今天有來嗎？搞不好還覺得他的死理所當然。

看到元泰笑著的照片上面繫著黑色絲帶，善赫才終於有了一點實感。原本還覺得簡訊內容可能搞錯了，但現在這個念頭徹底消失。

畢鎮上前點香，善赫等畢鎮回到原本位子之後，和他一起行禮致意。行了兩次禮之後，他們轉向元泰母親那側。元泰的母親看起來很疲倦，但並不像沉浸在悲傷中的樣子。她幾乎面無表情，只像個在執行必要任務的人。

「我們是元泰的朋友，您現在一定很難受吧。」

聽見畢鎮說的話，一旁的善赫差點笑出來。畢鎮的語調非常戲劇化，一定是追劇學來的。元泰母親對畢鎮的致意點了點頭，沒有任何表情變化。善赫小心翼翼地提出想知道的問題：

「可是元泰怎麼會突然……？」

「……兩位吃完飯再走吧。」

善赫後知後覺地發現，他母親的回話幾乎等於拒絕回答。雖然搞不清楚狀況，但也沒有必要抓著喪主追問。他和畢鎮交換了眼神，便從弔唁室走回接待室。一個男人經過他們身旁。

善赫往後看了一下，穿著黑西裝的男人走近坐在地上的元泰母親，正在詢問些什麼。或許是感受到善赫的視線，那男人微微抬頭看過來。他有著細長的眼睛，眼尾透出一絲鋒利。

接待室本就不大，桌子只有五張，既然沒有人坐，善赫和畢鎮便坐在最外面的桌子。站在廚房的女子送來事先備好的托盤，放在兩人的桌子上。有涼拌桔梗、煎餅、糕點類和辣牛肉湯。雖然已經吃過飯，但接待室實在太空蕩了，他們決定至少要在這裡守一會。

「到底為什麼會死啊？」

畢鎮壓低聲音問。善赫搖搖頭。

「感覺也不像是健康出問題……」

「是意外嗎？」

畢鎮會這樣推測也不無道理。高中畢業後，元泰的人生並不順遂。善赫知道元泰在越善面市區的成人觀光夜店當服務生，好像加入了某個組織。元泰還曾打過幾次電話找他去玩，說會幫他準備最上等的服務，但他從來沒有答應過。

其實高中畢業之後，善赫就已經過著與元泰截然不同的人生，他也希望如此。他好不容易上了專科大學，認真讀書，還找到中小企業的穩定工作。他的公司為軍隊供應泡菜，他負責行政職位。善赫從來不會主動打電話給元泰，又拒絕了幾次見面的邀約，於是他們之間的聯繫自然越來越少。元泰出獄之後接到他的來電，告知自己在銀波市時，善赫非常錯愕。

其實他甚至沒對紫熙說過他有元泰這種朋友，並不怎麼想讓別人知道他有這些過去。

「如果是流氓鬥毆之類的，也不至於……」

畢鎮提出了一種可能性。善赫沒有立刻回答，因為總覺得有些事讓他很在意。

「該不會是自殺吧？」

畢鎮把一塊年糕塞進口中，問道。善赫搖搖頭。

「連婚都沒結的兒子如果自殺的話，應該不會辦這種有宴客的喪禮才對。」

聽說這種情況一般不會舉行喪禮，會直接火葬。那到底是怎樣，畢鎮歪著頭唸叨。善赫朝畢鎮靠過去：

「該不會是被殺了吧？」

「被殺？」

這話實在太突如其來，畢鎮喊得有些大聲。他怕弔唁室裡的元泰母親聽見，立刻摀住嘴轉頭往後看。幸好沒有人往這裡看，畢鎮也像善赫一樣傾身向前。

「怎樣？你是知道什麼嗎？」

「不是……你看那群人。」

善赫在座位上，用下巴朝著畢鎮肩膀的另一側示意。畢鎮努力將視線悄悄往旁邊挪，反正進來的時候，畢鎮也有看到那些在附近徘迴的男人。

「不覺得很像刑警嗎？」

的確不像是一般來弔唁的賓客。坐在接待室裡，卻連東西也不吃，偶爾會壓低聲音彼此交談，而且清一色體格都非常好。

「是這樣嗎？但我聽說元泰退出組織了。」

「沒錯，我也有聽說，但不無可能。」

畢鎮彷彿了然於心地點點頭。善赫也知道他在想什麼。雖然離開了組織，但元泰的生活一團混亂，沒做什麼正經工作又到處借錢。直到他犯下詐欺案，到監獄走了一回，元泰和大部分人都失去了聯繫。其實可以的話，善赫也一樣想跟他斷絕聯繫。但只要對元泰的見面邀約猶豫不決，或沒接電話，元泰就會拚命傳訊息過來。

我們不是一起見過血的關係嗎？

這當然是在說九年前的事，跟威脅沒什麼兩樣。不，就是威脅。

他覺得畢鎮的情況應該也差不多。

連整個高中時期都黏在一起的朋友都想避開元泰，其他人自然也不可能喜歡他。元泰也騙過同學的錢，金額有大有小。如果要寫元泰值得被討厭的事，寫滿一整張A4紙可能都不夠。

「抱歉打擾了。」

頭頂上方傳來聲音，於是兩人抬頭，是剛才和兩人在弔唁室擦肩而過的男人。他留著一頭運動風的短髮，就像剛剛看見的一樣有著細長的眼睛，眼神鋒利。再加上薄唇和顯得固執的尖銳下巴，給人一種強烈的印象。不知為何，總感覺他一身西裝底下有著線條銳利的肌肉。他在兩人相對而坐的長桌前端入座。

「方便說一下話嗎？」

善赫反射性地望向弔唁室。不久之前，這個男人還在和元泰的母親說話，之後便走到這裡來了。他不禁好奇元泰的母親說了些什麼。

「您是哪位？」

畢鎮問道，沒有掩飾自己的警戒。那男人嗯了一聲，思考片刻便從內層口袋掏出警證。善赫心想果然是警察，同時和畢鎮交換了眼神。

「我是刑警，有事情想問兩位。」

警證上寫著他的名字「江次烈」。

「是跟元泰的死有關嗎？」

善赫問。

「您為什麼會這樣覺得呢？」

就算兩邊嘴角都掛著柔和的微笑，江次烈刑警看起來還是來者不善。

「因為我們沒聽說他怎麼死的，他媽媽也不告訴我們。」

「原來如此。沒錯，我就是想問兩位有關高元泰先生死亡的問題，兩位可以留一點時間給我嗎？」

如果說不行會怎麼樣呢？善赫稍微想了一下，但並沒有想拒絕。畢竟對方是警察，就算在這裡拒絕，只要是為了調查，也可以把他們請到警察局去。

「我可以。」

善赫說完之後看向畢鎮，後者也一樣點點頭，說：

「我也是。」但仍然藏不住忌諱的表情。

「謝謝。」

江次烈從口袋裡掏出筆記本。回頭一看，其他人不知不覺就不見蹤影，他們應該也是刑警才對。

「在那之前可以先問一句嗎？」

正拿出原子筆的江次烈看向提問的善赫。那直接的眼神看起來像是請繼續的意思，於是善赫接著說：「死因到底是什麼？」

江次烈稍作思考，接著像下定決心般逕自點了點頭。他看著善赫的眼睛，朗聲說道：

「高元泰先生是遭人殺害的。」

雖然已經料想過了，但還是止不住驚訝。善赫不禁張開了嘴，一時之間不曉得該回些什麼。他看向畢鎮，畢鎮正用一隻手遮住嘴巴，最終打破這陣沉默的人是江次烈。

「我正在調查相關案件，但死者的母親並不清楚高元泰先生身邊的人，所以不得已只好在喪禮上詢問來弔唁的賓客。」

「我最近沒有跟元泰聯絡。」

「我也沒有。大概兩個月前，他打電話來跟我借十萬塊（約新台幣兩千多元），那應該是最後一次聯絡了。」

善赫一說完，畢鎮也跟著接話。江次烈點了點頭。

「我們也知道兩位最近都沒有跟他聯絡。因為我們有死者的手機，也確認他沒有固定聯絡的對象。」

「啊，手機……」

這也理所當然。既然發生了殺人事件，就一定會先調查被害人的手機，那難道手機裡沒有找到證據嗎？

「我們向手機裡存的所有聯絡人都傳了訃聞，但來的人比想像中還少，所以我們也很訝異。」

「原來如此。」

這不是當然的嗎，善赫雖然心裡這樣想，卻沒有從嘴裡說出來。

「請問你們跟死者是什麼關係？」

「我們是高中同學，也是朋友。」

回答的人是善赫，畢鎮投來一個「有必要說是朋友嗎」的眼神。

「你們是不是所謂的三人幫……有好到那種程度嗎？」

三人幫。他們三人過去的確有被這樣稱呼。但警察特別提到這個詞，讓善赫覺得怪怪的。是不是有人跟他說：「關於元泰的事，您可以去問他們三人幫裡的另外兩個人」呢？想著想著，善赫突然覺得奇怪，問他們熟不熟是很正常，但硬是提到「三人幫」這個詞，總讓人覺得很在意。與其說這個警察是想知道善赫和畢鎮跟元泰有多親近，倒不如說更像是在確認他們是否就是三人幫的成員。善赫疑惑地回答：

「是有人這樣叫我們……這很重要嗎？」

「可能聽起來有點怪，但想請問兩位最近有沒有發生什麼事？有遭到威脅，或接到陌生電話嗎？」

「什麼意思？為什麼問我們這種問題？」善赫一追問，畢鎮似乎也慢半拍地感覺情況不對。江次烈一臉困擾地沉思片刻，接著交互看著兩人。

「其實依規定是不能給你們看……但似乎和兩位有關，所以才讓你們看的。」

江次烈拿出夾在筆記本裡摺起的紙，是一張撕得細長的紙條，看起來有人曾在上面寫字後再捲起來。江次烈把紙條攤開，畢鎮一看見上面寫的字，立刻僵在原地，善赫也心想不能讓江次烈察覺有異，但他的下巴卻止不住發抖。

江次烈似乎迅速用他銳利的眼睛捕捉到了兩人的反應。

「這……這是什麼？」

善赫好不容易回過神來問道。

「這是高元泰先生被發現時含在嘴裡的東西。」

聽到的瞬間實在難以保持平靜，善赫的雙眼緊盯著紙條，彷彿目光釘在上面了，某個人留下的潦草字跡像咒語般劃開了善赫的心臟。

九年前你們三人幫幹的好事，現在該還債了。

銀波市松仁洞的密集住宅區，一名女子打開一扇格外引人注目的橘色鐵製大門。雖然凌晨四點可說是非常早，但對她而言，則是極其平常的上班時間。

她三十歲出頭，工作是凌晨時段的英文講師，第一節課從早上六點開始。雖然不是不會累，但在這時間上班的生活已經到了第三年，也算是駕輕就熟。她原本夢想當老師，但參加教師甄試屢次落榜，最後只好轉換跑道在補習班教書。雖然不是一開始就想當補習班講師，但看見一大清早就為了提升自我，而認真坐滿教室的那些上班族學生，她也不禁覺得自己應該好好努力才行。

她沿著大門正面的小路走去，這個社區沒有停車位，所以她常把車停在走路五分鐘左右的免費臨時停車場。之所以出現那片空地，是因為隔壁村被劃為都更區，工程開始後公司卻倒閉了，只好中途停工。那些拿了一點拆遷安置費就搬出去的人，現在都住在哪呢？她自己住的社區最近也聽說要都更了。雖然聽說是間健全的建設公司，準備開始預售，但她也擔心，要是這裡又都更到一半停工了，那該怎麼辦。無論如何，萬一真的要都更，她決定絕對要趁這個機會搬出去住。一是那為數不多的安置費，不可能找到能讓父母和自己同住的房子，再來如果繼續一起住，也會受到來自各方的壓力。就算暫時勒緊褲帶生活，也只能多存一點錢。她一邊想，一邊走到停車場。

女子從手提包裡拿出車鑰匙，按下開鎖按鈕。隨即發出「嗶」的一聲，車燈同時亮起。正準備走向駕駛座車門時，她忽然停下腳步。那份緊張感隨著脊椎蔓延，讓她全身緊繃。剛剛分明從眼角餘光看到了些什麼，雖然腦中冒出了不該看的念頭，但奇怪的是，她的頭卻還是往旁邊慢慢轉過去。

那瞬間她癱坐在地，接著發出一陣長而淒厲的慘叫聲。

一個男人肚子上插著刀，癱倒在現代Grandeur的引擎蓋上。簡直就像被活剝的虎皮地毯一樣，四肢各自朝向不同方向，呈大字型朝上面對天空。男子身型壯碩，身上穿的短袖底下有老虎圖樣的紋身。

警察接獲女子報案便立即出動，確認男子死亡後，拉起了封鎖線。附近轄區的警員前來支援，管制了附近看熱鬧的人。不久之後，鑑識人員也抵達現場。獲派案件的江次烈也大概是這時候到的。

「確認死者身分了嗎？」

身為先到現場的學弟，崔仁旭刑警停下手邊的工作，立刻來到江次烈身旁。他一邊脫下手套一邊說：

「已經確認死者身上皮夾裡的身分證了，姓名是高元泰，今年二十七歲。似乎沒有穩定的工作，比較特別的是他犯過詐欺罪，不久前才出獄。」

「通報的人是？」

「徐美英，聽說是英文補習班凌晨班的講師。年紀是三十一歲，已經詢問過，但她說跟死者完全不認識。因為她要趕著上班，就先讓她走了，但個人聯絡資料都有留紀錄。」

「確認一下死者資訊然後聯絡家屬吧，閔科長來了嗎？」

「來了，在那裡。」

仁旭手指向的地方有幾位穿著鑑識背心的鑑識科警員，正在認真地採集證據。看起來跟案件有關的腳印上已經放好壓克力製的通行板，避免破壞現場。通行板上依序編號，鑑識科的閔科長站在案發地點的Grandeur旁邊，正仔細觀察著周圍。遺體已經搬走，Grandeur引擎蓋上則有沿著遺體外緣貼好的膠帶。

引擎蓋上依然留著血跡。

「閔科長。」

「你來啦？」

閔科長伸出手準備握手，次烈回握的同時仍然在巡視周圍。

「有找到什麼嗎？」

對於次烈的問題，閔科長遞出一張拍立得照片作為回答，是在搬動屍體前拍的。雖然一般也會用普通相機拍照，但需要立刻讓刑警確認時，會使用拍立得相機。雖然最引人注意的是插在肚子上的那把刀，但脖子上也有血痕。刀子是隨處可見的那種水果刀。

「最關鍵的死因是在脖子，頸動脈斷了，幾乎是立刻死亡。雖然肚子上的刀還不確定是死前或死後插上去的，但並不會造成生命威脅。」

引擎蓋上有血跡，次烈跟剛剛的閔科長一樣仔細檢視著四周，總覺得很刻意。

首先引擎蓋一點受損的痕跡都沒有。假如是在車子上發生爭鬥，那應該會留下凹痕之類的。而更重要的是血跡，如果依閔科長所言，是頸動脈被切開，那應該會瞬間流出大量血液才對。但停在兩邊的車上，卻都沒有血液噴濺的痕跡，地上也沒有貼通行板，表示並沒有發現血跡。雖然引擎蓋上有血，但應該是經過一段時間後，從屍體流出來的血才對。那就表示——

「這是殺人後再搬動棄屍吧。」

「不用解釋一大堆，真好。」

「不過……」

次烈陷入沉思，看看四周之後雙臂抱胸。

「會是殺人後刻意展示嗎？」次烈說。

一般殺人後如果要搬動屍體，自然會選擇不容易被注意到的地方，比方埋在人跡罕至的山裡，或者丟到田邊的圳溝，總之要儘量晚點被發現，才能讓屍體隨著腐敗湮滅證據。也可能是意圖讓死亡時間難以確認，但這起事件卻不一樣。

地點選在密集住宅區，還是在停了很多車的空地上。不管是凌晨還是什麼時候，只要有人來開車，屍體就會立刻被發現，而且還明目張膽地放在車子上面。屍體的狀態也是，肚子上直接插著一把刀，若不是兇手心心念念想盡辦法引人注目的話，實在不可能這樣做。

「我也這樣覺得，這給你。」

閔科長拿出橡膠手套，表示他已經找到需要戴手套才能接觸的證物，次烈立刻戴上手套。閔科長從口袋拿出裝證物的夾鏈袋，裡面有被裁成長條形的紙條。紙上還留有曾經摺得很小的痕跡，上面寫著字。次烈用戴著手套的手接過夾鏈袋。

「這東西被捲起來塞在被害人的嘴裡。」

聽見閔科長所言，次烈看向紙條，眼中閃過銳利的鋒芒。

九年前你們三人幫幹的好事，現在該還債了。

刻意的展示殺人雖然非常少見，但不是不可能。也許是精神異常，或是享受殺人的心理變態、反社會人格者等，次烈也知道偶爾會有反社會人格者預告殺人的案件。但這次的事件又有些不同。從紙條內容看來，這次事件的目的是報仇。那應該要更安靜、更隱密地進行，才符合犯人的心理。然而為什麼會有如此引人注目之舉呢？展示殺人的目的究竟是什麼？

次烈回到辦公室後，目不轉睛地盯著現場照片，仁旭站在次烈的書桌旁說：

「死者高元泰只有他母親一個家人。婚姻狀態的話，目前法律上是單身。我們已經跟他母親聯絡，聽說她住在堤先市越善面。」

那裡距離銀波市車程大約三小時。

「那被害人呢？」

「高元泰的住址也登記在堤先市，但實際好像沒有住在那裡，聽說他沒有跟媽媽住在一起。但他似乎也沒有持有其他房產，我覺得他可能是在銀波市流浪。」

「為什麼？」

「他的信用卡消費紀錄幾乎都是在銀波市，而且剛剛跟您報告過，他有詐欺前科，似乎出獄之後就沒有再回過故鄉。」

「詐欺前科啊……」

感覺應該調查一下當初詐欺案的受害者，不過紙條的內容也很令人在意。九年前的話，應該和詐欺前科沒關係吧？也不能排除詐欺受害者為了混淆視聽，而留下這種紙條的可能性。但如果是這樣的話，其實沒必要殺人後刻意展示。感覺腦海裡一片混亂，這起案件實在令人摸不著頭緒。

「手機呢？」

「遺體上有發現手機，已經送去數位鑑識，以防萬一。我大致看過通話紀錄和簡訊內容，但死者好像沒有特別常聯絡的人。也沒有找到用訊息約定見面的內容。」

這是當然。如果重要的紀錄還留在手機裡，犯人不可能坐以待斃。現在數位鑑識技術之發達，已經是全國人民都知道的基本常識，就算刪了也應該不會放心把手機留在原地。

「不過他母親的反應很微妙。」

「怎樣微妙？」

「她聽到兒子被殺，感覺的確有受到衝擊，但是卻沒有傷心、哭泣或憤怒之類的情緒。就好像已經預料到一樣，只是淡淡地說她知道了，然後問我有沒有必要舉辦葬禮。」

沒有工作的無業遊民，還曾因為詐欺案入獄。高元泰在家受到怎樣的對待，好像不用問也知道。

「有跟她說解剖鑑定報告出來之後才能歸還大體吧？」

「有，要再確認一下死者身邊的相關人士嗎？」

次烈低頭看向桌上的一紙文件，是遺體內紙條的影本。潦草的字跡看起來很像是出自男人之手，雖然也可能是刻意寫的，但那字體若說是刻意，又未免過於自然，看來也要做一下筆跡鑑定了。

「九年前的話，是幾歲呢？」次烈用反問替代了回答。仁旭的目光停在空中，一邊扳起手指計算後回答：

「被害人今年二十七歲，所以應該是他十八歲，高二的時候。」

「那去調查一下被害人讀哪所高中，還有他高二導師的聯絡方式。就算有轉調，諮詢教育局應該就會知道了。」

「我知道了。不過調查他的朋友會不會更容易一點？因為紙條上不是寫了三人幫，三人幫的事情應該學生會更清楚吧。」

「雖然搞清楚三人幫到底有誰也很重要，但嫌犯可能也會在學生那邊。」

「啊！」

仁旭微張著嘴，一副理解的樣子點點頭。於是他們決定同時調查高元泰的詐欺受害者和九年前的事件。

高元泰因詐欺案被起訴是在二〇一八年。對方是在登山社團認識的尹皓權，他被高元泰以投資住商大樓的名義詐騙，詐騙金額是一億韓圓（約新台幣兩百多萬）。

高元泰慫恿他投資住商大樓，表示可以共同分潤。尹皓權跟高元泰一起透過仲介公司看過要投資的大樓，也簽了約，但最後高元泰拿走尹皓權的一億韓圓後，就跟他斷絕聯繫，當然大樓也沒有買。尹皓權曾為此事提出告訴，但高元泰不曉得怎麼回事，財產連十韓圓都沒有。儘管高元泰最終被判詐欺，但等到結果出來總共拖了三年之久，還是費盡苦心、弄得疲憊不堪，才換得的結果。不過，要沒有財產的高元泰還錢可說是天方夜譚。

「尹皓權在詐欺事件後就離婚了。」

「一億是很大的數字啊，可能會破壞夫妻間的信任。」

「應該是吧，一億啊……我就算不吃飯也不知道要幾年才存得到。」

去見尹皓權的路上，次烈和仁旭對此交換了意見。假如不只損失金錢又離婚，甚至人生因此跌落谷底的話，的確可能會想殺害引發問題的關係人高元泰。江次烈和崔仁旭都見過許多詐騙受害者，人生就此陷入水深火熱之中。

什麼三人幫、九年前之類的事情，或許從一開始就是瞎掰的。也可能只是一種策略，為了把警察的注意力轉移到其他地方。

尹皓權已經先到了約好的咖啡廳。要找到他並不難，咖啡廳裡只有他落單，而且沒有滑手機或做其他事，單純豎直腰桿注視入口的人，也只有他一個。他穿著有領襯衫，襯衫的第一顆鈕扣是鬆開的。雖然體型偏瘦，但髮型和穿著都相當端正。幸好他不像想像中給人一種人生跌入谷底的感覺。他可能進門好一陣子了，所以完全沒有流汗，只是臉脹得通紅。一開始打給尹皓權時，崔仁旭只說了要討論高元泰的事，搞不好他誤以為有機會拿回錢。

「是尹皓權先生嗎？」

雖然早就知道他是尹皓權，但還是需要確認，所以走近餐桌詢問。他以藏不住緊張的表情點了點頭。

兩人在尹皓權的對面坐定，各自遞出名片並簡單介紹。

「那請問，是什麼事呢？」

尹皓權似乎很心急。江次烈對崔仁旭示意，崔仁旭則點點頭走去櫃台。三個大男人如果只點一杯咖啡就想坐下來談話，對店家而言是很失禮的。

尹皓權急著想知道答案：「刑警先生，請問是什麼事……」

「您有被高元泰先生詐騙過對吧？」

「對、對，是的！」

他的聲音突然大起來。

「您最近有跟高元泰先生見面或通話過嗎？」

雖然高元泰沒有留下跟尹皓權相關的通聯紀錄，但也不能就此斷定他們沒有見面。尹皓權或高元泰，不管哪方都有可能直接找上門去。

「沒……沒有。」

「您被他詐騙之後，對他的感覺應該很不好吧。」

「當然囉。那傢伙在法庭上說他一開始沒有想要詐騙，那是騙人的。從我們在登山社團認識的時候，不，從他參加登山社團的目的開始，就是為了要尋找詐騙對象。我就像個笨蛋直接上鉤了。他一直黏著我，叫我大哥、大哥的，我也就跟他變熟了。」

尹皓權一副愁眉苦臉的樣子，看來詐騙案後他很是自責。這在詐騙案受害者身上極為常見。不去責怪加害者，反而怪罪起輕信加害者的自己。深切的痛苦刻在他一層層皺起的皮紋裡。

「那高元泰先生出獄後，您一次都沒有去找過他嗎？」

「那傢伙出獄了嗎？」

好像連高元泰出獄都不知道的樣子。

「對，他出獄了。」

「原來如此，連一年有期徒刑都還沒滿呢……韓國的法律就是這點不行。」

似乎是怒火攻心，他舉起冰咖啡大口猛灌。

這時崔仁旭用托盤端著兩杯咖啡來到座位上。等崔仁旭坐定後，江次烈開口說道：

「八月十二日晚上十一點到隔天凌晨兩點之間，請問您人在哪裡？」

「什麼？」

「就是上星期六，您還記得那天您人在哪裡嗎？」

尹皓權似乎有些驚訝，他用搞不清楚狀況的表情來回看著江次烈和崔仁旭。

「您……現在是在說什麼？」

兩人沒有回答，凝視著尹皓權。尹皓權眨眨眼，忽然明白自己被叫到這裡的理由，可能跟原本想的不一樣。

「兩位不是因為那傢伙的詐騙案來的嗎？」

「不是。」

崔仁旭果斷地回答。

「那是……」

「高元泰先生被人殺害了。」

尹皓權瞬間啞口無言，驚訝地張大了嘴。

看得出來有許多想法在他腦海裡打轉。現在不管再怎麼努力也拿不回一億韓圓了，而且這兩個刑警到底為什麼來找自己，還有八月十二日是什麼日子等各種念頭。接著他似乎找到了答案。

「該不會……」

江次烈注視著尹皓權的反應，立刻有種應該不是這個人的感覺。但確切的情況還需要調查，畢竟感覺只是感覺而已。

尹皓權氣急敗壞地喊了出來：

「你們該不會以為我殺了那傢伙吧？」

不用看也知道，現在咖啡廳裡所有人的目光都集中在這桌。江次烈喝了一口咖啡，崔仁旭則靜靜看著他。只有坐在對面的尹皓權很在意咖啡廳客人們關注的目光，壓低了音量。

「是嗎？現在是這個意思嗎？」

「不是這樣的，我們正在跟高元泰先生身邊的所有親友會面。只是形式上需要確認而已，請不要介意。」

這句話也只是形式而已，都問到不在場證明了，跟「你有嫌疑」其實沒什麼兩樣。總之現在情況下對高元泰的怨恨大到足以起殺心的人，就是尹皓權了。

尹皓權吐出一口氣，往後靠向椅背，擺出一副苦瓜臉。

尹皓權開始說起自己的故事。被詐騙以後，他的妻子變得非常敏感易怒。當初投資的一億韓圓是抵押家裡的房子才貸款拿到的，尹皓權誇下海口說無論如何都會補上這一億韓圓的空缺，但卻沒有找到辦法。比起錢被騙的痛，忍受妻子鄙夷的目光反而讓他更加痛苦。至於出現要好好投資「讓他們瞧瞧」的念頭，則是在幾週之後。他向銀行借了金額不小的貸款投入股市。雖然是人人持有的績優股，但隨著營收下跌五成的公告一出，股價跌了三〇%以上。

於是妻子提出離婚。一億貸款約好由妻子償還，房子也讓給她，他則搬回自己母親的家。直到大學時都還住著的房間，不知不覺被泡菜冰箱、冷凍櫃和烘衣機佔據。他躺在一半變成儲藏室的房裡，日復一日地面對不想面對的早晨，更是沒臉面對母親。

「不過我沒辦法殺人啦！您剛剛說是什麼時候，十二號嗎？」

「對，星期六。」

尹皓權想都沒想地立刻回答：

「那天是我媽媽七十歲生日，所以我們全家去旅行了，去濟州島玩。」

「住宿訂在哪裡？」

「我們訂了獨棟民宿，跟我妹妹一家人一起去的。」

「您還記得民宿的名字嗎？」

他回答當然，並展示了濟州島獨棟民宿的名字，網路上立刻就能找到電話。尹皓權還說可以詢問他妹妹，自信地說出妹妹的電話，不過家人的證詞是沒有效力的。

「在詐騙事件之前，您有從高元泰先生那裡聽過三人幫的事情嗎？」

「三人幫？最近還有人在用這個詞嗎？嗯，我沒有聽過耶。」

「因為您說跟他很熟才問的，高元泰先生有提過他高中的事，或者過去的故事嗎？比方說他朋友的事情之類的。」

「我們沒有熟到會說那種事情。」

雖然沒有熟到會說那種事情，但卻熟到可以相信他去投資啊，江次烈實在不解。不過他當然沒有說出口。

跟尹皓權分開後，他們打電話給濟州島的民宿確認，也用手機傳送尹皓權的照片過去，民宿主人認出了他的臉。說因為是不久之前，所以記得很清楚，尹皓權一家人在那裡住了三個晚上。至於有沒有目睹尹皓權三天都和家人待在一起，民宿主人則否認了。但就算尹皓權瞞著其他人從濟州島偷偷回到銀波市，只要簡單查證就能看到搭乘飛機的紀錄。為了以防萬一，江次烈讓崔仁旭確認了他搭機的紀錄，果然在旅行的四天三夜之內沒有其他搭機紀錄。八月十二日晚上，他人就在濟州島。

尹皓權最終被證明與高元泰的死沒有關係，果然還是跟九年前的事有關。

兩天後，他們見到死者高元泰高二時的班導師。白喜燦是當時的級任導師，退休之後住在良明市。良明市就在銀波市旁邊，是搭地鐵可以抵達的距離。原本想用電訪的方式調查，但次烈請仁旭拜託對方來面談，因為他有一些想法。

「辛苦您來這一趟了。」

次烈將白喜燦帶到調查室，從冰箱拿出瓶裝飲料待客，但白喜燦卻因為有糖尿病，說是絕對不能喝飲料。他也拒絕了咖啡，只向仁旭要了水。

「怎麼會辛苦呢。不過電話上說元泰死了，怎麼會這樣……」

「您應該會很驚訝，他是被人殺害的。」

白喜燦的眼睛睜得大大的，像是完全沒有意料到。仁旭此時正好打開門端水進來。杯子一放到面前，白喜燦便一口氣喝光了水。仁旭在次烈旁邊坐下，打開筆記型電腦。

「是誰……怎麼會做這種事……」

「目前還在調查當中。」

「那為什麼會找我來呢？我不清楚那孩子畢業之後過得怎麼樣，雖然偶爾會好奇，但我也還有其他學生要照顧。」

不清楚學生畢業後的事很正常，次烈自己也是畢業之後，就不曾和高中老師聯繫。畢業之後要上大學，當上警察之後也忙於適應職場生活。適應後光是處理案件，就會花費他全部的時間，看來就算是當老師，情況也很類似。

「我們想知道高元泰先生當時是怎樣的學生。」

白喜燦露出一絲訝異的表情。似乎在思考高元泰的學生時期和殺人事件有什麼關係。因為他沒有看到那張紙條，這種反應也是理所當然。不過所有跟調查有關的資料，向來就不會對相關證人全數公開。

白喜燦歪著頭，似乎在翻找著記憶，不一會他便眨眨眼，開口說道：

「其實，從老師的角度來看，他不是一個太好的學生。」

「不是好學生，那是？」

「老實說，不只不是好學生，應該說是壞學生。光聽到名字就會馬上想起他，是個很壞的不良少年。」

在學校抽菸是常態，動不動就翹課。就算打電話問他媽媽小孩為什麼沒來上課，對方也表現得事不關己。白喜燦憶起當年，表情略有不快地表示：

「那孩子會那樣，我覺得跟家庭問題也有關係。他沒有爸爸，媽媽一個人養育他，是可以理解比較顧不上小孩，但他媽媽對孩子幾乎一點關心都沒有，都讓人懷疑小孩是不是爸爸在外面偷生的了。」

次烈想起高元泰母親聽到兒子死訊時的反應，聽仁旭說，她的反應實在過於平淡，幾乎讓人以為她早就預料到了。

「他不只破壞讀書風氣，還搶過同學的錢，最後鬧到警察局，我好說歹說才把他接出來，但他完全沒有半點反省的意思。我還聽說他國中的時候有進過少年輔育院。」

「是因為什麼事情？」

「在超市偷錢之類的吧？」

正在輸入白喜燦證詞的仁旭忽然抬頭，次烈的目光也變得銳利起來。次烈問道：

「他有傷人嗎？」

「沒有，聽說是在晚上關門的時候去偷的，所以沒有發生那種事。偷的也是剩下來的零錢，只有幾萬韓圓（約幾百台幣）。」

「您當他導師的時候，有發生過什麼特別的意外嗎？」

「我當級任的時候……啊！有，他有打過懷孕的老師。」

「懷孕的老師？」

「雖然不是直接打，但那個老師被他嚇到往後摔倒，還送去醫院，真是亂成一團啊。」

「有流產嗎？」

次烈心想如果有這麼嚴重，可能會想要報仇，但白喜燦的回答有所不同。

「沒有，沒有。雖然有受驚嚇，但沒有流產。然後元泰因為這件事被停學了，聽說之後有寫一封反省信給那位老師。當然一定不是真心的就是了。」

「在那之後那位老師也有繼續教高元泰嗎？」

「怎麼可能？聽說她分配到其他年級了。」

「除此之外還有嗎？小事也可以。」

「嗯……因為是很久以前的事了，我也上了年紀，記憶有些模糊呢。」

白喜燦難為情地笑了笑。次烈點點頭，決定繼續下一個問題。既然記憶模糊，大概就表示沒有比懷孕的老師更嚴重的事件了。連他被停學都記得，想必就是這樣了。

「那我再繼續問下一個問題。您還記得跟高元泰先生親近的同學嗎？常常玩在一起的，比方說小時候會說什麼三人幫、四人幫這樣的，他有這種朋友嗎？」

白喜燦立刻點頭。

「啊！您一說我就想起來了，有幾個孩子常跟他混在一起，跟您說的一樣，教務處都叫他們問題三人幫、麻煩三人幫。那兩個人都不是我們班的。」

「您還記得他們的名字嗎？」

「因為不是我們班的孩子……想不太起來。不過看畢業紀念冊的話我認得出來，我家裡有畢業紀念冊，需要看一下嗎？」

「拜託您了，再麻煩您跟我們聯絡。」

次烈遞出名片，白喜燦接過之後放進自己的皮夾。

次烈向坐在旁邊的仁旭使眼色，仁旭點頭按著滑鼠，調查室一角的印表機便發出聲音，跑出白紙，仁旭把那張紙拿了過來。

「今天您跟我們對話的內容會做成筆錄，麻煩您看完之後在下面用正楷寫上姓名，再簽名即可。」

白喜燦迅速瞥過次烈拿過來的筆錄，馬上提筆寫下姓名後簽了名。既然自己跟高元泰的死絲毫扯不上關係，他似乎就不認為有必要仔細精讀。把簽好名的筆錄交回之後，白喜燦便從座位上起身。

「謝謝您特地來這裡。」

「好，其他學生的名字等我回家之後再聯絡兩位。」

「謝謝。」

仁旭和次烈彎腰鞠躬，白喜燦默默鞠躬後便走出調查室。門一關上，次烈便拿起放在桌上的筆錄，再拿出夾在自己手冊裡的紙條影本，比較兩邊的字跡。

很明顯是不同的字跡。

那天晚上，白喜燦打來電話。和高元泰在一起的三人幫之中，另外兩人的姓名分別是許畢鎮和吳善赫，之後他就在葬禮上見到這兩人了。

「善赫？」

發現是在呼喚自己，善赫才後知後覺地回過神來。他的女朋友紫熙正用擔憂的眼神看著他，善赫重新把背挺直坐好。

「抱歉，妳剛說什麼？」

「問你這個好看嗎？」

紫熙搖晃著的手機是善赫的，手機尾端掛著銀色串珠貓頭鷹。紫熙的興趣是串珠，她戴的戒指、項鍊都是自己做的，這次好像開始做吊飾了。兩人現在來到最近在社群媒體上很熱門的咖啡廳，這是紫熙喜歡的約會行程。這間充滿復古裝飾品的咖啡廳氣氛非常好，店的另外一側還有販售老件器皿，背景靜靜流淌著不吵的古典樂，很不錯。

「你怎麼了?從剛剛就一直心不在焉耶。」

紫熙噘起了嘴。善赫搖搖頭，接過手機。

「哪有怎麼了，只是有點在意公司的事，剛剛想了一下而已。給我看，真的很漂亮耶!別人看到一定會以為是妳在外面買的。」

紫熙的嘴角這才掛起微笑。

「真的嗎?你喜歡嗎？」

「當然啊，妳做的我都喜歡。」

紫熙一邊笑一邊調皮地盯著他看。

「所以你是說你不是真心喜歡對吧？」

「沒有，不是啦。」

善赫著急著揮手，就看見她笑得燦爛。不知道是不是因為才剛開始交往不到三個月，每次看到她那樣笑，都還是會心動，善赫覺得她也這麼想。

即使兩人交往不算很久，他有一種很快就會想跟她求婚的預感。

不過這到底是怎麼一回事呢？元泰死去後身旁的紙條，上面居然寫著跟他本人有關的殺人預告。怎麼想都覺得不可能不是他，既然說是三人幫，高中的時候問任何人關於三人幫的事，每個人都會認為是元泰、善赫和畢鎮。問題還不只這樣，真正讓他感到恐懼的是「九年前」這個字眼。九年前，三人幫犯下需要用性命償還的事，只有一件。九年前的秋天，他們殺死了來露營的學生。

但那件事是他們三人之間的祕密。不需要互相約定，他們也都知道是必須帶進墳墓裡的祕密。難道可能有別人知道那起事件嗎？該不會有目擊證人吧？不可能。那裡絕對只有三人幫和那個男學生四個人而已。就算真的有他們不知道的人目擊，也應該會直接報警才對。當時那個少年的失蹤事件喧騰一時，也曾經登上地方新聞，但卻沒有出現任何目擊證人。

實在沒有理由過了九年之後才現身要報仇，除了那件事之外，嚴重到足以收到殺人威脅的事情，他再怎麼絞盡腦汁也想不出來了。

於是他心裡有數的事就只有那一件而已，而且那件事有人知道。

「你今天真的很奇怪耶？公司的事真的很嚴重嗎？」

紫熙的話讓他發現自己又恍神了，善赫尷尬地笑了笑。

「抱歉，我今天狀況好像真的不太好。」

「不舒服嗎？」

紫熙的表情非常擔心。

「沒有，不是啦，只是因為公司的事讓我壓力很大而已。」

「公司有人欺負你嗎？那你把他帶過來，不，我就直接揍他就好！」

紫熙說話時帶著她獨有的爽朗笑容，頓時讓善赫鬱悶的心情稍微舒緩了一點。

「妳現在也閒著沒事，怎麼可以連我都一起不工作？至少有一個人得去外面賺錢啊。」

當初跟善赫交往的時候，紫熙待業在家，聽說她在那之前是當護理師。似乎在銀波大學附設醫院的住院大樓工作了很長一段時間。不過三班輪值和人力不足的問題，據說讓紫熙的身體變得很差。壓力引發了嚴重蕁麻疹，讓她最後決定離職。

「最近也有很多那種不花錢就能約會的方法啊！」

「我不是說這個……」

話還沒說完，善赫就閉上了嘴，差點就要提到結婚的事了。雖然的確有點太過急躁，但問題不是這個。假如告訴紫熙九年前發生的事，她會怎麼想呢？而且他甚至收到殺人威脅，這不只會嚇到紫熙，還可能會讓她再也不想見到善赫。

善赫故意打趣似地說道：

「還有，妳真的連一次都不肯叫我歐巴耶？」

紫熙癟著嘴，身體搖來搖去。

「因為我沒有哥哥，所以很難說出那個字啊，你明明就知道。」

看著故意開玩笑瞪他的紫熙，善赫又心動了。

正在心底翻騰的那份不安，他很想裝作不知道。

「哈哈，好啦。」

之後善赫也多次嘗試要把注意力放回紫熙身上，卻不太順利。最後在紫熙的提議下，這次約會就這樣結束了。

一回到家，善赫連衣服都沒換，就拿出手機坐到沙發上。他住在住商兩用大樓的夾層套房，雖然只有八坪不算寬敞，卻也付了不少租金。因為就在地鐵站旁邊，而且窗外一眼望去就是繁榮的市中心。他的客廳擺著沙發和矮桌，夾層上沒有床架，只放了床墊作為臥室。小小的廚房很少開伙，主要都是吃加熱即食品。

善赫的指尖停在儲存的電話號碼上，實在很難鼓起勇氣。他咬著下唇，接著長長地吐了口氣，才按下通話鍵。鈴聲響了幾次，但都沒有人接，直到他決定掛斷時，對方終於接起電話。

「你怎麼可以打電話來？」

畢鎮壓低了聲音，好像怕有人在聽一樣。電話那頭沒聽見什麼聲音，感覺他應該不在外面。這個時間他已經下班，應該在家裡，看來是在意其他家人。

「這件事不跟你說，我要跟誰講？」

善赫的反應不知不覺也尖銳起來，現在焦慮又敏感的人可不只畢鎮一個，接著是一陣安靜。

「……再這樣下去，萬一警察去挖我們以前的事怎麼辦？」

畢鎮似乎想辯駁他沒有那個意思，於是這樣反問。

「反正警察知道我們是紙條上面寫的那個三人幫啊。你忘了嗎？我們在元泰葬禮上承認我們是三人幫了不是嗎，不過那又怎樣？他們也不可能知道我們做了什麼，就算知道也無法證明，都已經九年了。」

「那你打給我是有什麼事嗎？」

「哪有什麼事，我們不是有事該討論一下嗎？」

「你好奇怪。」

「什麼？」

善赫搞不懂畢鎮究竟在想什麼。

那則殺人預告針對的是三人幫每個人，這表示案子不會只停在元泰那裡。畢鎮和善赫自己也一樣，不論何時發生什麼意外都不奇怪，但也不能因此去找警察幫忙。所以當然需要兩個人見面商討對策才對，而且要搞清楚開這種玩笑的究竟是什麼人。兩人一起討論的話，或許會有什麼新發現，至少能夠確定是否真的沒有人知道那起事件。就算是意外，也可能不小心洩漏過九年前犯下的事。雖然絕對不是自己，但善赫認為畢鎮有家人，搞不好畢鎮有向妻子提過呢。像這樣回推，或許就能找到殺人犯的線索。在這情況下，畢鎮的舉動讓他無法理解。

「你平常也很少聯絡啊，你之前有跟元泰聯絡過嗎？」

「這又是什麼話啊？」

善赫的額頭紋路變深了。其實上大學以後，他就很少跟其他兩人聯絡，頂多對方打來會接而已。進入社會之後更是如此。雖然偶爾還是會和畢鎮互相聯繫，但跟元泰就更少聯絡了。不同於在社會上稍有立足的畢鎮，元泰進了組織，總是惹出各種麻煩。他的生活看來也很糟，還坐過牢，元泰的存在對他們而言無疑是個負擔。

「你說，你有跟元泰聯絡過嗎？」

「他是有叫我幫他找工作啦……」

話說到一半，腦海裡突然有個念頭閃過。

「你現在是在懷疑我嗎？」

「不是啊……很奇怪，你以前明明在我先聯絡之前都不太聯絡人的。而且九年前的事件，你也很清楚只有我們三個人知道啊。然後元泰死了，那就只剩下我們兩個了。」

既然只剩下兩人，又不是自己，那善赫大概就是犯人了吧，畢鎮是這樣想的。而善赫這邊也有著相同的見解。哈，善赫忍不住無言地笑了出來。

「你是不是腦袋有問題？我幹嘛要殺你們兩個？而且還把九年前的事情抖出來，你也知道那件事讓我綁手綁腳的吧？」

「你可能想要把過去的事情一口氣處理乾淨啊。」

畢鎮怯懦地小聲說道。

「神經病，劇本都給你寫啦。」

善赫忍不住立刻罵了出來。

「你給我聽好，警察早就知道我們是紙條上寫的三人幫了，那他們當然會去找出九年前發生了什麼事。雖然我們除了那件事沒闖過什麼大禍，但你也知道，當時整個社區都鬧成一團，警察要找出那個案子也只是時間早晚的問題。那他們一定會懷疑當時的失蹤案是不是跟我們有關係，所以為了預防他們調查，我們得先套好話啊。他們會調查我們的不在場證明，所以要準備。」

短暫沉默之後，畢鎮開口道：

「抱歉，我變得太敏感了，講了一些有的沒的。」

善赫嘆了口氣。

「你現在可以出來嗎？要約在哪？」

因為不知道警察現在調查到什麼地步，所以善赫認為盡快統一口徑對他們比較有利。

「沒辦法在咖啡廳講這些事情吧，你可以來廣阪市嗎？」

廣阪市位在越善面和銀波市之間。

「去廣阪市？可以啊。」

善赫不想開車，因為他不曉得未來會在什麼地方被抓到小辮子。平常不太常見面的兩人如果因為元泰的死變得經常聯絡或見面，更是啟人疑竇。搭地鐵有太多監視器，也不太好，乾脆到沒有監視器的地方搭計程車前往還比較好。只要不是喝醉或穿著奇特，計程車司機大概也不會留下太多記憶，這是他的另一層考量。

「有一間叫做運情汽車旅館的，就去那裡吧，我會先進去再告訴你房號。」

「運情汽車旅館，知道了，你再傳訊息給我。」

電話掛斷了，明明內容沒什麼大不了，卻花了好一番功夫對畢鎮說明。畢鎮怎麼會懷疑到他身上呢？所以人家才會說頭腦不好會苦一輩子。想著想著，善赫猛然驚覺自己居然完全沒有懷疑畢鎮。他知道畢鎮偶爾會和元泰聯繫，也曾經借錢給元泰。不同於不太接元泰電話的善赫，容易心軟的畢鎮每次都會接元泰的電話。

難道是因為錢被元泰威脅了嗎？可能他們爭吵的途中，畢鎮氣不過才殺了元泰也說不定。然後他可能會想，既然都變成這樣了，那順便把知道九年前事件的另一個人也殺了……

不，不會的。自己也開始出現一些蠢念頭了。善赫搖搖頭，雖然不能說完全沒有這種可能性，但的確是很不像話的情節。他現在的念頭，跟剛剛才被他罵到臭頭的畢鎮的想法是一樣的。如果畢鎮就是犯人，他根本不需要留下紙條提到九年前的事件。

善赫關上客廳的燈，準備出門。窗外的市中心夜景莫名讓人覺得非常美麗。簡訊傳來的時候，他搭著計程車剛進入廣阪市。

203

意思是二〇三房吧。畢鎮現在防備心很重。如果以後被警方調查，這則訊息引發問題的話，無論如何都要拿出其他理由才行，至少不能說是在汽車旅館見面串證。

「麻煩停在這裡。」

善赫話剛說完，計程車便停在「馬上汽車旅館」的正門口。跟畢鎮比起來，自己還是很不一樣的。為了以防萬一，他決定讓計程車停在附近的其他旅館，在車上搜尋到這裡位於郊區，附近有很多汽車旅館。所以他說了離運情汽車旅館走路五分鐘的「馬上汽車旅館」作為目的地。

善赫打開地圖應用程式，走向距離五分鐘的運情汽車旅館。雖然走進正門就會看見接待櫃台的小窗口，但他選擇走上一旁的階梯，沒有人出來阻擋。

走到二樓，經過兩扇門後看見標示著二〇三號的房門。他敲門後等了一會，卻沒有回應，也沒聽見動靜。他再次嘗試敲門，還是一樣。是還沒到嗎？但既然傳了訊息叫人來二〇三號房，就表示已經抵達汽車旅館開好房間了吧。可能畢鎮是去買酒了，於是他拿出手機打給畢鎮。

微弱的音樂響起，善赫轉頭看向二〇三號房門。鈴聲分明是從房內傳出來的。一定是把手機忘在這就出門了，善赫感到一陣煩躁。畢鎮好像不知道現在的情況到底多嚴重。善赫再次用力敲門，還是沒有回應，他不假思索地轉動門把，門意外地開了。

「嗯？」

善赫歪頭打開了門，接著不自覺地跌坐在地。

「呃，呃……」

善赫無暇顧及自己喉嚨發出了什麼聲音，只是癱在地上，混亂地踢腿嘗試退後。背都已經碰到牆壁了，他還是不停扭動著腳。過了幾秒，他的喉嚨終於喊出聲音。

「呃啊啊啊！」

房門大開，畢鎮就在正中間。他的雙腿懸在空中，脖子吊在天花板上，咬緊牙關的樣子說明了他的痛苦。

他腳下留有一大攤鮮血，那攤血上整齊地擺放著畢鎮的一雙舊皮鞋。

「啊啊！」

被善赫的叫聲嚇到出來探視的客人之中，有個女人一邊尖叫一邊後退。

善赫坐在警局裡。他恍惚地想著自己現在是在這裡做什麼，又不禁想事情怎麼會發展到這個地步。接著他忽然開始感到恐懼，殺人犯究竟是誰呢？他到底想要什麼？還有，他怎麼會知道兩人約在那間旅館見面？一定是跟蹤。既然畢鎮被害，就表示畢鎮被跟蹤了。善赫全身起了雞皮疙瘩，現在只剩自己一人了。

「所以您說只是約喝酒而已？」

坐在善赫面前的刑警問道。刑警體型壯碩，身上穿的襯衫看起來有點緊。他的一雙大手在善赫開口回應後便敲下鍵盤，整體感覺非常遲鈍。

「兩個男人，在汽車旅館喝酒？」

「是的。」

「一位住在堤善市越善面，另一位住在銀波市？」

「因為有點距離，所以我們就約在中間的位置見面，以前也有這樣過。」

雖然警察懷疑地歪了歪頭，但善赫只是確認了手錶上的時間。案發後為了做筆錄而搭上警車，已經是一個小時以前的事了。雖然沒有全部如實吐露，但善赫說著兩人相約的經過，並拿出上次收到的江次烈刑警的名片。他來的警局是廣阪警察局，因為畢鎮的屍體是在廣阪市被發現的，自然是由這裡管轄。但善赫的想法不一樣，他認為江次烈刑警也需要知道這次的事。雖然有請警察聯絡，但在那之後沒有收到任何消息。

「請問！」

刑事組辦公室的門應聲而開，一個女人衝了進來。門邊的刑警問她有什麼事，但情緒激動的女人混亂地不知說了些什麼。坐在善赫面前的壯碩刑警起身，提高音量說道：

「請問是許畢鎮先生的家人嗎？」

女子聽見後踉踉蹌蹌地跑了過來，她對刑警說：

「是誰？是、是誰……誰害死我老公……」

接著她的目光停留在善赫的臉上，善赫意識到她是畢鎮的妻子。他沒有參加畢鎮的婚禮，那時元泰剛進入組織，正好是他大搖大擺裝腔作勢的時候，所以善赫很想避開他。居然在這種地方第一次見到朋友的妻子，真是令人扼腕。

「是這個人嗎？」

「沒有，我們還在調查中……」

刑警正要說明，就被畢鎮的妻子打斷：

「這個人是叫吳善赫嗎？」

「什麼？」

善赫瞪大眼睛，從座位上站起來。畢鎮的妻子指著他說：

「就是這個人。是他殺了我老公。我老公出門的時候有說，如果聯絡不到他，叫我找一個叫吳善赫的人，吳善赫就是兇手！」

雖然這裡是鄉下，但要找一間合適的咖啡廳也不難。聽說最近有越來越多離鄉背井到都市打拼的遊子，回到故鄉開咖啡廳。開車繞一圈，就能找到許多用故鄉特產的馬鈴薯製成特色飲品或甜點販售的咖啡廳。他排除空間太小，說話內容怕被老闆聽見的地方，挑了一間人不多又寬敞的咖啡廳，傳訊息約人見面。

江次烈現在和崔仁旭一起到了堤善市。先去見了處理完後事的高元泰母親，不管怎麼說，在葬禮上沒辦法問得太詳細。

不過這次會面也沒有得到什麼可疑的資訊。

「抱歉我也什麼都不知道。他就是想做什麼就去做，我知道他進了什麼組織討生活，但他連一分錢都沒有拿回來過，沒用的兒子。你問我他的事情也問不出什麼，因為我也跟你們一樣不了解他。」

除了這些話以外，從元泰母親口中就再也問不出什麼了。雖然光憑葬禮時她的態度就能略知一二，但沒想到這麼誇張。她的態度簡直就像面對外人，不，是比外人更不了解高元泰。於是他們決定去問在這個地方住了四十年以上的鄰居，得到高元泰從小就被放任長大的答案。突然覺得高元泰的人生很值得同情，連把自己生下來的人都不愛自己，只好封閉自我，把自己關在沒有資格被愛的牢籠裡。這樣的成長經歷讓他變成一個活得亂七八糟的人，也早就適應了他人皺眉投來的厭惡視線。

無論如何，如果不知道九年前究竟發生了什麼事，好像就無法找到兇手。雖然曾從當時的導師聽說高元泰是個問題少年，但卻沒有聽說他和什麼足以引發殺機的事件有關。就算是老師，也不可能知道全部的事，但學生就不一樣了。搞不好他們聽過更隱密的事。四處探聽後，次烈聽說元泰當年的同學還有人留在堤善市。名叫鄭友鐘，據說他和高元泰高二、高三都同班。畢業之後，鄭友鐘進入當地的堤善大學社會福利系就讀，之後到銀波市當了兩年社工，但最後還是回到故鄉幫忙父母務農，社工的工作似乎不太適合他的個性。

「有發生過霸凌，或是類似的問題嗎？」

仁旭端來剛點好的咖啡，一邊說道。次烈接過托盤上的咖啡，放在桌上，並把仁旭端來的托盤放到一邊。次烈喝了一口咖啡，滿酸的，他並不喜歡太酸的咖啡。

「嗯……不好說。」

「是有可能。聽說被霸凌所受的傷害，不管過了幾年都不會復原不是嗎？日本也有過了十幾年之後在同學會上試圖殺人，最後卻失敗的真實案例啊。」

「那觸發那種情況的就是同學會嘛，可是觸發這次案件的動機是什麼？」

「嗯。」

仁旭一時無法回答。

「聽許畢鎮和吳善赫的陳述，他們三個人從高中畢業以後就疏遠了。高元泰進了組織又被關進監獄，引發各種問題，所以關係自然很難維持。他們也不再是整天鬼混打鬧的十幾歲青少年了。許畢鎮和吳善赫兩個人好像都有自己的生活，許畢鎮有家庭，吳善赫也是平凡的上班族，到現在幾乎沒有人會叫他們三人幫了。但為什麼過了整整九年之後，才突然想著要對他們報仇呢？如果弄清楚這點，犯人的輪廓就會大致清晰了。

「不過……」

仁旭露出略顯無奈的表情，他覺得自己的想法很對，可是一旦要說出口，又覺得似乎遺漏了什麼重要的脈絡。

「跟鄭友鐘見面之後就知道了吧。」

鄭友鐘在十幾分鐘後來到這間店。雖然比約定的時間晚了五分鐘，但他絲毫沒有露出著急或歉疚的表情。他悠閒地步入店裡，環視咖啡廳之後，發現除了次烈一行人之外沒有其他客人，又再慢悠悠地走過來。

「您是打電話給我的刑警嗎？」

他穿著寬鬆的Polo衫和牛仔褲，給人一種比實際年齡年輕許多的印象。

「謝謝你抽空過來。我是銀波警察局的江次烈刑警，請坐。」

「你要喝什麼？」

仁旭問道，於是鄭友鐘點了咖啡。在仁旭去點餐的時候，鄭友鐘率先開了口，他似乎是那種無法忍受尷尬的人。

「您要問跟高元泰有關的事對吧？」

注意到他不是稱呼「元泰」，而是「高元泰」，江次烈隨即答道：

「是的，沒錯。」

「他又闖了什麼禍？」

鄭友鐘微微皺著眉頭問道，表情看來帶有失望。

「他去世了。」

「什麼？」

看來鄭友鐘完全沒預料到會聽到這種事，很是震驚。

「為什麼？他是怎麼死的？」

次烈用案件還在調查中，沒辦法告知詳細情況的理由蒙混過去。那時仁旭端著咖啡回來了，於是他們的對話短暫中斷了一下。鄭友鐘道謝後喝了一口咖啡，接著放下咖啡杯。

「那你們要問我什麼？」

「你還記得九年前，也就是你們高二的時候，那時高元泰身邊有沒有發生過什麼呢？就算是很小的事也沒關係。」

「高元泰就是那件事啊，他想要揍懷孕的老師。」

「那件事有聽說了，是你們當時的導師白喜燦老師告訴我們的。」

「啊，是喔？我們老師還好嗎？明明只要下定決心，花個兩小時就可以去看老師，但不曉得為什麼很難做到啊。」

鄭友鐘露出洩氣的表情，好像很失望他提供的資訊他們已經知道了。

「是啊。」

「除此之外……他會不來上課，或者在上課的時候搗亂，破壞上課的氣氛。不只高元泰一個人這樣，下課時間一到，他就會跟那個吳善赫和許畢鎮一起玩，搞得很像他們是這一區的老大一樣。這三人幫真的是問題多多啊。」

「那有發生過霸凌之類的事件嗎？」

「他們是把自己當皇帝啦，偶爾會揍人或者叫人跑腿之類的，但好像沒有特別針對某一個人欺負他，聽說最近的小孩子真的很恐怖耶。」

他微微聳了聳肩。接著露出一副「這件事一定要說」的表情開口道：

「不過那三個人絕對不是什麼善類。」

「這只是假設啦，會不會有人對這三人幫懷恨在心呢？很小的事件也可以，如果有想到的話請告訴我。」

「懷恨在心喔……」

他陷入思考，把視線落回咖啡杯上，不一會又歪著腦袋抬起頭。

「我是不知道有沒有到恨的地步啦，高元泰是被殺了嗎？」

「不好意思，因為這個案件還在調查中，所以……」

雖然這樣說了，但鄭友鐘似乎已經確信高元泰是被殺害的。就算不擅長察言觀色，都已經講到這個地步了，自然可以推出沒講的事實。就算告訴他高元泰的確是被殺害的，也不會有什麼問題，現在重要的是九年前究竟發生了什麼事。

「不過，我想了一下，好像有件事滿奇怪的。」

「什麼？」

次烈的眼睛發出光芒，坐在他身旁的仁旭則挺起了腰。

次烈一問，鄭友鐘便用右手食指敲著下巴開口道：

「高三的時候，他們三個的關係好像就不像以前那麼好了。」

「具體來說是怎樣？」

「不是完全不講話，但就不像以前那樣會混在一起行動，好像有點尷尬的感覺，總覺得他們的關係出了一點問題，大概是這種感覺。」

「您也不知道發生什麼事對吧？」

「不知道啊。但大概是他們之間有什麼事情吧？」

不是三人之間發生的事，這點是確定的，殺人預告是針對這三人幫的。假如三人之中有一個是犯人的話，就不需要殺人後刻意展示，也不用發出什麼殺人預告，根本不需要這麼引人注目。

「會有人知道那時究竟發生了什麼嗎？」

「不確定耶，我不知道他們三個還跟誰比較好，要我去問問有沒有人知道嗎？」

「拜託你了。」

「但你們不用期望太大喔。」

「我知道了。」

說到這裡，次烈想差不多是時候結束對話了，再問下去也問不出什麼。次烈敬禮示意，並表示如果有消息請聯絡他們，鄭友鐘也隨即起身。這時，次烈的電話響了。

「那就等您聯絡了。」

鄭友鐘似乎明白兩人要請他先走，便離開咖啡廳。仁旭在整理喝完的咖啡杯時，次烈接起電話，這個號碼他沒有儲存。

「喂，銀波警察局江次烈刑警您好……什麼？」

次烈緊張的嗓音迴盪在空蕩的咖啡廳，原本走到櫃台附近的仁旭立刻回頭，跑了過來。

「發生什麼事了？」

次烈舉起手，示意他等一下。隨著通話的時間越久，次烈的表情也越來越凝重。

「我現在人在堤善市，馬上就會往那邊移動，但大概需要兩小時左右。請您等我，好，我知道了。」

次烈掛上電話。

「什麼事？」

次烈眨著眼睛，看向仁旭的臉，那表情像是在重新確認自己現在要說的事是否正確。

「許畢鎮被殺了，而且嫌犯是吳善赫，被廣阪警察局逮個正著。」

「什麼？怎麼會在那裡？」

仁旭也非常驚訝，不自覺喊了出來，櫃台的店員紛紛好奇地看向這裡。

次烈和仁旭在一小時四十分鐘之內就趕到廣阪警察局，剛踏進刑事組，吳善赫垂頭喪氣的背影便映入他們眼簾。沒有看到電話裡提及的被害人妻子，想必是被他們先請回家了。次烈大步走向吳善赫坐著的書桌，坐在書桌對面的刑警抬起了頭。次烈掏出他的警證——

「我是銀波警察局的江次烈。」

廣阪市警察局的刑警也隨即起身：

「辛苦您來這一趟了。我們了解情況之後，判斷這次案件應該需要跟銀波市警局聯合偵辦，所以才跟您聯絡。」

「好的，我們正在調查這個案子，再麻煩您處理聯合偵辦的部分了。」

江次烈聽廣阪市的刑警簡單敘述了案件經過，兩人約在廣阪市見面，單純是因為地點正好在中間，這點實在很難說服次烈。據說許畢鎮出門前告訴妻子，如果聯絡不上自己，兇手就是吳善赫。她因此強烈主張吳善赫就是犯人，但江次烈的想法不一樣。這次的主要死因也和高元泰事件一樣，是頸動脈被切斷。屍體吊在入口前展示這點也一樣，看來應該是同一人犯下的案件。

「我可以跟吳善赫先生講一下話嗎？」

「好的，麻煩到調查室。」

聽見他們的話，吳善赫便自動站了起來，他甚至沒有力氣和江次烈打招呼了。彷彿失了魂地帶著空洞的眼神跟在廣阪市刑警後面。江次烈先把吳善赫和崔仁旭一起請進調查室，然後接下廣阪市刑警製作的筆錄。

次烈走進調查室的時候，吳善赫跟剛才一模一樣，肩膀無力地垂著，以呆然的表情坐在那裡。吳善赫面前有一個紙杯，裡面裝了水，可能是仁旭拿來的，但他一口也沒喝。次烈在吳善赫的對面坐下。

「聽說您跟許畢鎮先生約喝酒？」

吳善赫緩緩抬起頭，想必這裡的刑警已經問了很多次一樣的話。但他表現出配合調查的態度，沒有拒絕回答：

「對，是的。」

「為什麼不是約喝酒的餐廳而是約汽車旅館呢？」

「沒有什麼原因，只是為了喝得舒服一點而已，而且還有元泰那件事……不管怎麼說都會提到那件事，那種事情不太適合在餐廳裡講。」

既然沒有原因，他的辯解似乎有點太長了。次烈稍稍抬起眉毛，繼續問下去：

「你們約喝酒的時候，許畢鎮先生是欣然答應的嗎？」

「是。」

「聽說許畢鎮先生出門前有說如果聯絡不上他，就去找吳善赫，說吳善赫先生您就是犯人，您有聽說這件事嗎？」

「……有聽說。」

「既然許畢鎮先生會那樣說，不就表示他在懷疑您嗎？」

「我也不知道。」

他的回應變慢了，表示他非常小心翼翼。

「儘管如此，他還是很樂意赴約嗎？」

「……是的。」

不可能。如果許畢鎮出門前說過那種話，就表示他在懷疑吳善赫。假如許畢鎮為了證明吳善赫就是犯人而選擇犧牲自己，也並非全然不可能。就算他真的是這種人，許畢鎮妻子的證詞卻是他似乎多次拒絕喝酒的邀約。他的妻子表示，因為許畢鎮關在房間裡小聲通電話，所以沒有聽得很清楚，但整體的氣氛並不是他欣然接受邀約的樣子。他出門時說了有關吳善赫的叮囑，據說那時許畢鎮的表情充滿恐懼。而許畢鎮的妻子之所以阻止他出門，也是因為如此。之後她打給許畢鎮好幾次，卻都聯絡不上，讓她手足無措。她最終接到的電話也不是許畢鎮打來的，而是警察。

結果吳善赫卻在說謊，一口咬定許畢鎮欣然答應喝酒邀約，想必是因為沒辦法告訴警察他為什麼要把許畢鎮叫出來。

「可是絕對不是我殺的，我根本沒有時間殺人，把汽車旅館的監視器調出來不就知道了嗎？」

「聽說那間汽車旅館沒有裝監視器。」

聽到這話，吳善赫微微張開了嘴，皺起眉頭。

「吳善赫先生是自己開車前往嗎？」

那樣的話至少能有車上的黑盒子，然而吳善赫卻搖搖頭。

「我是搭計程車去的。」

「為什麼？」

「因為要喝酒啊。」

「既然訂了汽車旅館要喝酒，睡一覺起來隔天再開車不就行了嗎？」

吳善赫沒辦法回答這個問題。兩人訂了一間沒有監視器的汽車旅館，而吳善赫又執意搭計程車前往。要是沒有逐一翻找道路上的監視器，也很難找出吳善赫搭的究竟是哪一台計程車。

結論是，很難說他做這些事是沒有意圖的。但不管再怎麼問，吳善赫看來都不會推翻自己的主張。

「但是酒測的話可能還是會出現數字，而且搭計程車很方便……總之我不是兇手，我沒有理由那樣做，請相信我。」

一陣敲門聲傳來。應答之後，剛才帶路的廣阪市刑警拿著一個籃子走進來，裡面裝著用塑膠袋包起來的手機、皮夾等各種物品。

「這是許畢鎮先生的遺體被發現時，他身上帶的東西。」

「謝謝。」

次烈悄悄瞥了一眼，發現吳善赫也看著那個籃子。廣阪市的刑警拿來籃子後便出去了，次烈放下籃子，開始檢視放在籃子上面的證物清單。接著次烈的眉頭瞬間皺了一下，便急忙開始翻找籃子裡的證物。他從裡面拿出採集證據的夾鍊袋，裡頭裝著一張紙條。次烈確認紙條之後，不禁輕咬著下唇。然後把夾鍊袋放在似乎正好奇是什麼東西的善赫前面，再推到他眼前。

「這是在許畢鎮先生身上發現的紙條。」

善赫的目光向下看，臉色隨即一變。那張紙條上是這樣寫的：

還剩一個。

善赫覺得還剩一個，說的就是自己，他現在處在一團混亂之中。警察問善赫是否要申請個人安全保護，雖然因為人力不足，無法特別配置一個警察在他身邊保護，但警方會提供智慧手錶。如果遇到危險情況，只要按下按鈕就能報案，同時也能追蹤他的定位。雖然的確是他需要的機器，但善赫不知怎地卻猶豫起來。他現在到底希不希望兇手束手就擒，連他自己都不確定。

既然元泰和畢鎮兩個都被殺了，兇手當然得抓。但對方對他們懷抱著恨意，也就是說，這個人知道九年前他們闖了什麼禍。萬一這個殺人犯被抓了，他們做過的事就會浮上檯面，自己也一定會遭到懲罰。

犯罪的確就該受罰。而且與其這樣坐以待斃，倒不如把事實告訴警察，幫忙逮到殺人犯還比較好。可是……

「現在才回來啊？」

善赫一抬頭便看見紫熙。他這才發現自己已經到了家門口。紫熙一見到善赫便笑著走過來。

「怎麼了？怎麼沒先跟我講。」

善赫有些驚訝地問道，紫熙立刻調皮地瞪他一眼。

「吳善赫先生最近也太沒心了吧？一整天都沒有消息。」

「抱歉，我有點事情忙不過來。」

「是公司發生什麼不好的事嗎？」

似乎怕自己多嘴，紫熙擔心地詢問。

善赫搖搖頭。

「不是啦。」

「你表情不太好。」

「只是累了而已，不過妳怎麼突然跑到我家門口啊？」

善赫拿出手機確認，上面顯示沒有未接來電。

「看來你真的很忙耶，連今天是什麼日子都不記得了嗎？」

紫熙把她手上提著的東西舉起來停在善赫面前，是蛋糕。蛋糕盒上的一角掛著兩支搖搖晃晃的拉砲，另一隻藏在背後的手上則提著紅酒。善赫露出一絲茫然，雖然在腦海裡迅速梳理過一遍，但今天不是什麼要吃蛋糕的日子，不是自己的生日，也不是紫熙的生日。

「今天是什麼日子？」

紫熙的嘴噘了起來。

「你忘了今天是我們交往滿一百天嗎？」

善赫雙唇微張，完全忘了。

「對不起，我忙到昏頭了……我什麼都沒準備耶，怎麼辦？」

「不要緊，既然是忙於工作，小女子自然要照應的。」

紫熙吐了吐舌頭，笑著迅速挽住了善赫的手臂。

「進去吧。」

進到善赫家裡，紫熙把蛋糕放在客廳桌上，便立刻進了廚房。她打開水槽下的門拿出小碟子和紅酒杯，一邊哼著歌一邊打開冰箱，拿出裡面的起司，擺在托盤上。善赫看著在自家廚房如此自在行動的紫熙，心情變得沉重起來。他再次感受到紫熙是如此融入自己的生活之中，現在已經無法想像沒有紫熙的日子會是什麼樣子了。

在認識紫熙之前，他都被囚禁在無止盡的孤獨之中，他的人生從出生那瞬間就被拋棄了，善赫最早的記憶是從育幼院開始的。在那裡的人生不是非常不幸，卻也沒有幸福。他從小學開始就被排擠，說他是育幼院長大的小孩。

直到國中，實在忍無可忍動起拳頭之後，他才發現自己比同齡的孩子力氣更大，也更會打架。也了解只要夠強大，就沒有人可以輕視自己。接著他就認識了畢鎮和元泰，直到現在。那份孤獨雖然可以忘記，卻不會消失。善赫總是被那份難耐的寂寥侵蝕著。直到遇到紫熙之前都是如此。

「點蠟燭吧。」

不知不覺桌上已經擺好了紅酒杯和蛋糕，蛋糕上還插著愛心形狀的蠟燭。善赫立刻從口袋拿出打火機準備點火，但紫熙卻一把抓住了那隻手。

「你說好要戒菸的。」

看來是對他的考驗。善赫望向紫熙瞪大的雙眼，光明正大地說：

「戒了啊。戒菸前就放在口袋了，一直沒拿出來而已。」

「真的嗎？」

「我不會騙妳的。」

「真的喔？」

紫熙開玩笑地把臉貼近，擺出想看清他表情的樣子。善赫迅速點了蠟燭。

「交往一百天快樂。」

紫熙把生日換成了「一百天」，開始唱起生日快樂歌，然後兩人一起吹熄了燭火。紫熙馬上打開客廳的燈，又回來用華麗的技巧打開紅酒，接著倒滿善赫的酒杯。

「已經一百天了耶。」

「對啊。」

一百天前，他們在公車上第一次見面。那天善赫的車壞了，下班只好搭公車回家。好久沒坐大眾交通工具，感覺很陌生。被人群擠來擠去，好不容易搭上了車，皮夾卻不見了。公車已經發動，明明應該有帶的皮夾卻不知跑去哪裡，手足無措的善赫還被誤會成想搭霸王車的人。

「啊，連一張交通卡都沒有嗎？」

讓他難堪的並不是皮夾不見了，而是公車上滿滿的乘客，每個人的視線都停留在他身上。

於是他只好表示會在下一站下車。這時他感覺到站著的人群開始出現抱怨聲，還不時移動。正在想發生什麼事的時候，一個矮小的女生從人群的縫隙中擠了出來。雖然這時候不適合這樣想，但她那張白淨的臉和又大又圓的眼睛，從人群中努力鑽出來的樣子，看起來真的非常可愛。

這個女生替善赫付了公車的錢。他要到她的聯絡方式，說一定要好好表示感謝，但其實公車錢並不重要。在她用她小小的身體努力鑽出人群的瞬間，善赫的心就已經被她奪走了。善赫為了表達謝意請她吃飯，接著又約她出來好幾次，然後就向她告白了。紫熙接受他告白的那一刻，善赫這輩子第一次覺得能誕生在這個世界上真好。

交往之後，他發現紫熙是個比自己想像中更善良、更溫柔的人。紫熙第一次去他家，就幫忙打掃，還把原本只有酒的冰箱用食物補滿，讓他難以忘懷，那天她填滿的不只有食物而已。

「來，乾杯。」

「乾杯之前，我有一個想要的禮物。」善赫說。

「什麼啦，蛋糕和紅酒都是我買來的耶！你明明連我們一百天都不記得。」

「這妳剛剛不是原諒我了嗎。」

紫熙發出「呿」的一聲，然後嘟起紅潤小嘴的樣子實在非常可愛。

「你要什麼？」

「叫一聲歐巴來聽聽。」

話一說出口，就看見紫熙的臉變得通紅。看到紫熙害羞的樣子，善赫不禁心癢癢的。

「你再這樣，我就只叫『喂』了喔！」

善赫被這可愛的威脅逗笑了。他牽住紫熙的一隻手，十指緊扣，不知道是不是提著紅酒的關係，她的手很冰。

「你幹嘛？」

「沒有啊，我喜歡。」

雖然紫熙說得像在開玩笑，但善赫是真心的。絕對不會放掉這雙手，他再次暗自下定了決心。

「要睡一晚再回去嗎？」

善赫問的時候盯著紫熙直看。

手機鈴聲忽然響起，是善赫的電話。

「真是破壞氣氛。」

紫熙笑著抽出了手。善赫一臉困擾地拿出手機，確認來電者之後，他的表情有些僵硬。如果是其他人就不接了，但這通電話是他在等的電話。

「怎麼了？是誰啊？」

「公司的前輩，我先去接一下電話。」

「好，好。」

雖然紫熙看起來有點不爽，但想必不是真心的。善赫趕緊拿著手機走到外面的走廊，門一關上，他就按下接聽，壓低聲音開始通話。

「是，經理。」

「你打給我啊？我跟我老婆去看電影了。你傳訊息叫我打給你，怎麼了？」

「就是那個……」

他有意識地把手機緊貼在耳邊，吞了一下口水，莫名口乾舌燥。

「經理，您是銀波高中畢業的對吧？」

「哦，對啊。」

這位金經理今年三十歲，善赫國三的時候，他應該是高三畢業生。

「您有認識一些學弟嗎？跟我同齡的學弟，二十七歲的。」

「多多少少有認識一點啦，怎麼了？」

「我想找一個人，您認識一個叫做白道振的嗎？」

「白道振喔。好像有聽過這個名字，但我不認識耶，要幫你問問嗎？」

「不用，不用。也不是什麼重要的事。」

雖然金經理看不見，但善赫還是連忙搖手。這種事可不需要昭告天下，越多人知道，就越容易有人覺得不對勁。萬一警方的調查開始往這個方向走，可就一點也不好玩了。

「我去問學校可能比較簡單。」

「是嗎？那好吧。」

掛上電話之後，善赫長長地嘆了口氣，然後把視線移到紫熙還在的房裡。

他記得九年前他們殺死的那個學生叫什麼名字。雖然不想記得，但已經刻在腦海裡了。因為那件事對他而言也是一大衝擊。就算他跟元泰和畢鎮混在一起，過著離經叛道的生活，但他從來沒有想過自己會殺人。雖然他經常感到後悔，覺得要是當時沒看到他的學生證就好了，但現在不一樣了。幸好他還記得那個名字，真的是天無絕人之路。

還剩一個。

現在最要緊的就是不要變成那最後一個，還要找出正對自己的命虎視眈眈的殺人兇手。在他下定決心為了紫熙不能讓警察知道之後，就只剩一個方法——他得自己先找出兇手。

兇手會是誰呢？他有一個猜想。

就是死去的白道振的家人。換個立場思考，如果有人害死紫熙，他敢說自己也會追究到底，殺了對方，絕對無法原諒。到那時候，什麼法律和規定都不需要了。不過白道振死時的年紀是十八歲，就算有交往的對象，也不會是深刻到足以奪走一個人生命的感情。

那麼答案只剩一個了，是他的家人。雖然不知道對方怎麼會知道三人幫殺了白道振，但無論用什麼方式，他的家人的確找出了白道振是被誰害死的，這分明就是一個復仇計畫。

因為這個緣故，善赫也決定要找出白道振的家人。這些人的其中一人（或者可能是全家人同心協力）正準備要了善赫的小命。只要找到他們，善赫決定盡全力道歉，把事情仔細講清楚，或許他們能理解也說不定。雖然善赫和另外兩人待在一起，但真正殺人的是元泰，抓住白道振不讓他走的人是畢鎮。那個事件對於人在後面的善赫而言是突然發生的，簡直就像閃電一樣。但沒能阻止他們的確是自己的錯，善赫也願意對這點深深謝罪。

而畢鎮和元泰的死，他也會保證絕口不提。閉口不談可說是一種條件交換，善赫認為像這樣談判過後，對方或許可能就此停手。

但當然也有可能所有事情都不如預期。

「善赫?還要很久嗎？」

紫熙將玄關門打開一條縫，探頭出來。

「我要回去了。」

善赫打開門，走進客廳。紫熙晃著已經空了的紅酒杯給他看，善赫對她投以微笑，一邊想著要是真的那樣，要是真的說服不了他們，也沒辦法。他不可能放棄現在的人生，他不會再回到那無比孤獨的時刻了。他會拚死努力，但如果沒辦法，他就會找出犯人，做掉他。善赫一邊祈禱這不會發生，一邊下定決心。

以一個歷史悠久的學校來說，銀波高中的設施維持得非常乾淨。運動場全部鋪滿PU材質，入口右側新蓋的教室大樓看起來十分氣派，本館主建築似乎也經過重新塗裝，完全沒有任何油漆剝落。

「我想來學校問一點事情，可以去找哪個處室呢？」

入口警衛室的門上寫著「校園守護」。裡面男人的年紀看起來是六十歲後半左右，雖然頭髮已經花白，仍整齊地向後梳起，給人一種端正的印象。

「您要問什麼呢？」

「我想問以前畢業的學生……」

「那您去行政室看看吧，在一樓走廊最右邊。」

按照警衛的引導，善赫迅速走到本館一樓。入口右側走廊的最後一間辦公室標示著「行政室」，他敲門後走了進去。

「有什麼事嗎？」

辦公室的分區非常俐落，裡面有三、四位職員正各自忙著手邊的工作。一個在入口處印表機影印的二十幾歲女性看見善赫進來，便開口詢問。

「呃……我想找一個畢業生的聯絡方式。」

聽見他的話，坐在窗邊的男人抬起了頭，好像是負責人的樣子。

「畢業生的聯絡方式屬於個資，所以我們不能提供喔。」

善赫朝他那邊走過去。

「那請問如果學校有那個學生的資料，是否可以直接打給他，問他能不能提供聯絡方式呢？」

想找到白道振，就只有這個方法了，善赫不想輕易放棄。

「是哪一年畢業的學生呢？」

善赫有些慌張，那個孩子沒能畢業，因為他九年前就失蹤了。他不曉得該怎麼回答，只好語焉不詳地說：「大概九年或八年前……」

「那電話大概也都變了。還是您打電話去校友會辦公室？如果是校友會，應該比較常協助這種情況。」

這種情況指的是幫忙打電話跟對方聯繫。善赫猶豫了，白道振九年前就死了，又不是畢業生，校友會辦公室當然不可能有他的資料，但又不能在這裡說出這些話。警察一定查到了九年前提善市發生過什麼事，銀波高中也一定知道來露營的白道振失蹤的事，那麼警察一定會到學校來。如果他在這裡講出白道振的名字，當然就會傳到警察的耳裡。於是善赫只得留了校友會辦公室的電話號碼，就從行政室溜之大吉。

他一邊看著那號碼，一邊走向操場。要打電話試試看嗎？雖然白道振死了，但或許可以找到認識他的人或朋友。警察一定可以從行政室拿到資料，所以他們應該不會聯絡校友會辦公室。善赫覺得警察應該查不到自己曾向校友會辦公室詢問過白道振。不要講自己的名字好了，假如他們問起，他就隨便用個假名應付一下。於是善赫拿起手機，按下校友會辦公室的號碼。

鈴聲響了幾次，對方就接起電話，接電話的是個粗厚的男聲。

「銀波高中校友會辦公室，您好。」

「我有事想請教一下，我想找一個人。」

「是第幾屆畢業的？」

沒有畢業所以不知道幾屆。

「他九年前的時候是高二的學生。」

「嗯……那就是八年前畢業，所以是五十八屆。不過您有什麼原因嗎？因為是個資，我們不能隨便提供。」

「我有正當理由，那個同學幫了我很多忙，所以我現在想要找他。如果找不到那個同學，找他的家人也可以。」

善赫不敢說那個同學已經死了。

「那這樣吧。如果我們這邊有聯絡資料，我會打過去問對方願不願意提供聯絡資料，可以的話就提供給您，或者也可以把您的聯絡資料留給對方。」

「那就麻煩您了。」

「您要找的人姓名是？」

善赫不知不覺吞了一口口水。

「白道振，九年前是高二的學生。」

「什麼？」

電話那頭的聲音聽起來有些驚訝，他可能知道白道振失蹤的事。那個事件登上地方新聞，轟動了整個堤善市，年紀跟他差不多的人應該都知道。善赫開始思考萬一對方問他是誰，該怎麼回答，但原以為是震驚所以沉默的電話那端，卻傳出了讓人難以置信的話⋯⋯

「白道振就是我本人，您是哪位？」

針對此次連續殺人案，銀波警察局最終成立調查小組。這個案子被稱為「紙條預告連續殺人事件」。雖然負責調查的人數增加了，但總指揮還是由江次烈刑警擔任。以警政署長為首，刑事局長及調查本部的隊員齊聚一堂，由江次烈說明此案的殺人事件調查過程。

「第一個被害人是二十七歲男性，高元泰。曾因詐欺前科入獄，案發時已出獄八個月，發現地點是松仁洞住宅區的臨時停車場。主要死因為頸動脈截斷導致的大量出血，沒有打鬥的痕跡，這點比較可疑，因為高元泰小時候學過拳擊。高中畢業後還加入幫派活動，所以有許多打鬥的經驗。從照片上也看得出來他體格健全，就算是意料之外的攻擊，應該也沒有那麼容易被打倒。接下來是被害人口中的紙條。」

江次烈按下雷射筆的按鈕，替簡報換頁。細長紙條上的字跡放大後出現在螢幕上，四處響起微微的驚呼聲。

九年前你們三人幫幹的好事，現在該還債了。

「三人幫已經確認是誰了嗎？」

坐在右排桌子最末端的隊員舉手發問。江次烈回答：

「確認了。我們去問了參加被害人高元泰葬禮的人，紙條上提到九年前，我們也向高元泰高中時的導師確認過。上面說的三人幫應該是跟被害人同齡的許畢鎮，還有另一人是吳善赫。」

「結果其中一人變成了第二個目標，對嗎？」

江次烈把身體稍稍轉向說出這句話的分局長。他點點頭，換到下一張簡報。許畢鎮的證件照出現在畫面正中央。

「對。第二個被害人是許畢鎮，死亡地點是廣阪市市郊的運情汽車旅館。案發當天他跟三人幫之一的吳善赫約在這裡見面。」

「兩個男人約在汽車旅館？」

某人的嘀咕惹得眾人不禁失笑，次烈的表情沒有任何變化。

「許畢鎮先抵達旅館，接著傳訊息告訴吳善赫房號。吳善赫之後抵達時，發現許畢鎮的屍體並報警。但這裡有一個疑點，我們查了當時吳善赫搭乘的計程車，查到他當天不是在運情汽車旅館下車，而是先在步行距離五分鐘的馬上汽車旅館下車再走過來。」

「為什麼要這麼做呢？」

「那不就是這個人殺的嗎？」

四周響起議論紛紛的聲音。次烈等安靜下來後再次切換畫面，眾人的表情立刻變得認真起來。

因為次烈放的是案件現場的照片。床鋪上方泛黃的壁紙上有著大量噴濺的血跡。次烈沒有做多餘的說明，直接換到下一張，這次是汽車旅館房間門口吊掛著屍體的照片。

「殺人的位置是在汽車旅館房間的中央，床鋪附近。之後犯人將屍體移到門邊，並把屍體頸部吊起來。解剖的死因是頸動脈破裂，是用刀械砍傷頸部造成的死亡。」

「用刀械砍傷後，為什麼要把脖子吊起來呢？」

「目前還不知道確切的原因，但根據我們的推測，可能是為了像第一次案件那樣殺人後刻意展示。」

「刻意展示殺人……應該是有什麼原因吧。」

果然刑事小隊長點出了重點，他繼續問下去。

「這次沒有留下紙條嗎？」

「有。」

畫面映照出和第一次事件尺寸差不多的紙條，還有同樣的字跡。

還剩一個。

嗯，刑事小隊長交叉手臂，發出思考的聲音。他看來很感興趣。

「三人幫之中剩下一個，所以就是還活著的……」

「吳善赫。」

「那個人有可能是犯人嗎？」

「我們也沒有排除這個可能性，目前還在調查中。」

兩位被害人的屍體上都沒有留下打鬥的痕跡，因此很可能是認識的人犯案。但讓人起疑的還有一件事，從許畢鎮的被害現場看來，推測兇手應該是身材高大的男性。這是從許畢鎮頸部中刀的方向，和血液噴濺的痕跡推斷出的結果。第一次解剖報告上寫著預估比身高一七九公分的許畢鎮更高，是身高在一八三公分以上的男性。頸動脈破裂的話，會有大量的血以強大壓力噴濺出來，所以距離很近的兇手身上，一定也有噴到大量血液。因為他站著，他後方的牆壁才沒有噴到血。因此推測出兇手的身高應該很高，吳善赫的身高是一七五公分。

而且吳善赫比高元泰矮小，客觀來說，他不太可能有辦法一口氣壓制住高元泰。

不過另外還有一個可疑的地方。首先就算兩個男人真的約在汽車旅館喝酒，吳善赫的移動方式仍然很不尋常。他不開車，選擇搭計程車，而且用現金支付計程車錢。他們進的汽車旅館又剛好是沒有監視器的地方，這種移動方式簡直就像是要藏匿自己的行蹤一樣。

再加上許畢鎮似乎也懷疑吳善赫是殺死高元泰的兇手。因為出門前許畢鎮曾告訴妻子，如果聯絡不到自己，就去找吳善赫。雖然殺人現場顯示兇手不是吳善赫，但其他情況都一致地指向吳善赫。

詳細報告這些情況後，調查隊員都認真地在手冊上寫下相關筆記。坐在左邊中間排數的刑警小心翼翼地舉起了手。

「請問有調查過九年前發生過什麼事件嗎？」

「當然。但吳善赫說九年前沒有發生過什麼特別的事。我們有跟他們當時的導師白喜燦見面確認過，但他說除了當時高元泰曾經對懷孕的老師有暴力舉動之外，沒有發生其他特別的事。」

「懷孕的老師？是有流產嗎？」

假如是流產的話，一個失去小孩的父母是有可能產生報復之心的。但根據次烈的調查，幾乎不存在這種可能性。

「那個老師雖然有接受治療，但沒有流產。已經確認她和小孩生活得很好，目前是在其他學校任教，而且她也有不在場證明。」

「現在吳善赫的狀況是？」

「因為有許畢鎮妻子的證詞，所以有先對吳善赫進行調查，但並沒有找到明確的證據。」

「好，那現在有兩個問題。」

分局長一邊用手上的報告敲打書桌，一邊說：

「一個是九年前到底發生了什麼事，另一個……」

分局長看向次烈，次烈接著繼續說：

「就是犯人為什麼九年之後才決定犯行，還有他想透過這個展示殺人表達什麼？」

會議結束之後，次烈回到辦公室。打開門走進去，書桌上的手機正在響。本來就算要開會，他也會調成震動模式把手機帶在身上。但今天卻把手機忘在桌上，就進去開會了。次烈快速跑向書桌，幸好在鈴聲斷掉前就接起電話。打電話來的人是高元泰九年前的導師白喜燦。

「喂，老師。」

「您現在方便通電話嗎？不曉得您忙不忙……」

可能因為太晚接電話，對方聽起來很擔心他是否正在忙。次烈的腦海浮現出兩人見面時，白喜燦禮貌的表情和動作。

「不忙，您請說。」

「您上次說有想到什麼就聯絡您，所以……」

次烈握住手機的手瞬間用力起來，他立刻坐到書桌前，把便條紙和筆拿在手上。

「請說。」

「但我不知道這件事跟那些孩子有沒有關係。」

「沒關係，就算是小事，您有想到什麼就跟我說。我們會再去確認有沒有關聯，小事情也可能是重要的關鍵。」

好的。從白喜燦小聲回答的語氣聽得出來他的安心。

「其實我上次沒有想到，就是九年前我們這邊發生過一件大事。」

次烈拿著手機的手越發用力了。

「什麼事？」

「雖然跟那些孩子沒關係，但我們這裡有一個來活動中心露營的學生失蹤了。地方新聞也報得很大，但我記得到最後都沒有找到。」

失蹤事件倒是第一次聽到。次烈向白喜燦問道：

「您還記得是哪個學校的學生嗎？」

「這我不記得了……」

「那我們會再去查，謝謝提供這麼重要的資訊。」

次烈掛上電話。立刻連上網路開始搜尋。輸入「堤善市 失蹤 活動中心」這三個關鍵字，馬上就找到了值得注意的新聞。

堤善市活動中心露營 男學生失蹤

失蹤第六天 人還沒找到

內容跟白喜燦說的一樣。幸好從新聞上可以得知是哪間學校，是位在銀波市的銀波高中。銀波高中是男校，次烈知道他的後輩仁旭也是銀波高中畢業的。關於失蹤學生的姓名，新聞上只寫了「李同學」。日期也確認了，是二〇一四年，距今正好九年前。

「好久沒來了，心情有點微妙。」和次烈一起走下車時仁旭說道。他用感到新鮮的眼神環視四周，然後說除了操場之外，學校幾乎沒有什麼改變。

「沒想到居然會回母校調查。」

兩人立刻前往學校的行政室。來之前已經通過電話請學校提供協助，一走進行政室，行政室長就來迎接他們，並把他們帶到行政室最內側的沙發坐下。兩張陳舊的皮革沙發面對面擺著，中間放有一張桌子。次烈和仁旭坐在靠窗的沙發上，行政室長則坐在他們對面。室長對著坐得稍遠的女性職員說：「成熙，麻煩這邊要兩杯茶。」

「謝謝。」

行政室長立刻向兩人投去好奇的眼光，似乎想知道他們是為了調查什麼而來。對次烈來說，儘快說明來意也比較好辦事。

「可能這個問題有點失禮，想請問行政室長是從什麼時候開始在這裡工作的呢？」

「我嗎？」

意料之外的問題讓室長睜大了眼睛。

「請問現在是在查我的不在場證明嗎？」

行政室長說完以後似乎覺得好笑，又自顧自地笑了出來。

「開玩笑啦，開玩笑。」

次烈和仁旭可能露出了無言的表情，等他們報以尷尬的笑容之後，行政室長的眼神往上一翻，陷入了沉思之中。

「用年份算大概有十二年了，算是在這工作很久了吧？」

次烈把上身更往前傾了一點。

「那您記不記得九年前發生的事呢？當時有一個高二的學生來露營，結果後來失蹤的事件。」

「啊，我知道。」

行政室長立刻點了點頭。

「整座學校都要被翻過來了。那時帶隊的老師也有受罰，導師也很困擾，因為學生家長不可能會善罷甘休的。」

「可以聽您講一下詳細的情況嗎？因為新聞裡的資訊太有限了。」

行政室長嗯了一聲，表情茫然，大概在回溯從前的記憶吧。這時職員用托盤端著茶杯走過來了。

她在兩人面前放下茶杯，又立刻走回去。行政室長看來是不喝茶，或者剛喝完沒多久的樣子。次烈忽然覺得口乾，便喝了一口茶。雖然是茶包泡的綠茶，但味道並不差。見到次烈喝茶，坐在一旁的仁旭也跟著一起喝了。

「兩位都很清楚，那時學生是去露營。那個地方在哪裡啊……好像是偏南部的樣子……」

「是在堤善市。」

次烈一回答，行政室長立刻睜大了眼，一個勁地點頭。

「沒錯，堤善市。他們是去那邊的活動中心，事件發生前他們每年都會去。設施也不錯，位置很冷清、很安靜。而且周圍什麼都沒有，所以孩子們也不會闖什麼禍。」

「闖禍？」

「當然不是每個孩子都這樣，但有一部分學生是不太聽話。如果周圍有超市或便利商店的話，百分之百會翻牆去買酒或菸回來，但是那裡要走個三十分鐘……不！什麼三十分鐘，至少要走四、五十分鐘才會有賣東西的地方。這樣學生基本上都會放棄，所以才會喜歡挑那種地方讓他們露營。」

不過卻發生了失蹤事件。三百多個孩子裡面，有一個人失蹤了，這件事直到隔天早上才被發現。前一天晚上睡前點名還在的孩子就這樣消失了，跟他同一間房的其他孩子睡得很熟，連有一個人不見了都沒發現。

「怎麼會這樣呢？明明睡同一個房間……他會不會還有其他朋友？」

「那個，聽說那個學生的交友狀況不是很好，簡單來說就是連一個朋友都沒有。」

依行政室長所言，分配房間的標準是這樣的：一個房間分配八個人，因為都是比較親近的人先約好同住，所以那個失蹤的孩子沒有先分配到任何一個房間。最後還有床位的，就是由三三兩兩比較熟的孩子們尷尬地共用的房間。吃完晚餐之後，他們各玩各的，點名後就上床睡覺，所以據說沒有任何人知道那孩子的行蹤。

「他是不是有被排擠呢？」

仁旭一發問，行政室長便跳了起來。

「哎喲，不要說這種話。從以前到現在，我們學校都是地區成績最優秀的小孩才能進的，這種事根本連想都不敢想啊。您去問當時調查的刑警就知道了，那天跟他住同一間房的孩子全都有接受調查。」

「我知道了，那我們會再去確認。」

次烈說著打開了手冊。

「您還記得失蹤的學生叫什麼名字嗎？」

行政室長皺起眉頭。

「這……因為已經過去很久了……」

「當時的班導師還有在學校任教嗎？」仁旭問。

「調到其他學校去了。」

行政室長回答完之後，「啊！」地一聲拍向自己的大腿。

「我想起來了。他叫做李昇動，很抱歉剛剛沒想起來。」

次烈看著仁旭，兩人眼神交會，次烈立刻點了點頭。

失蹤學生的父母有可能跟這次事件有關。

「請問可以查到那個學生父母的聯絡方式或地址嗎？協請執行公務的公文也會馬上發給您。」

行政室長點點頭。

「成熙。九年前的生活紀錄簿資料應該找得到吧？名字是李昇動，然後……」

「他二〇一四年的時候是十八歲的學生。」

次烈迅速補充，行政室長猛地點頭，對著叫做成熙的女職員指指點點。

「妳把那個學生的生活紀錄簿找出來。」

「好的。」

女職員拉長語尾回應後，一邊敲著鍵盤自言自語。

「最近很多人都在找以前的人耶。」

那句話飄進了次烈耳裡，次烈站起來走到職員身邊。

「您說的是什麼意思？難道除了我們之外，還有人來找李昇動同學嗎？」

「是有人來，不過不是這個名字。叫作什麼……總之因為不能提供個資，所以最後只告訴對方校友會辦公室的電話而已。」

「啊，原來是這樣。」

次烈回到座位，不久之後職員便拿著列印的文件走過來。上面寫著失蹤的李昇動同學的地址、聯絡資料和家庭狀況等等。

完全無法理解。九年前的那天，他搶走男學生皮夾的時候明明看過他的學生證了，名字明明就是白道振。這名字他大概一輩子都忘不了了，不管回想多少次，都不可能有錯。總之可能是同名同姓吧，善赫抱著這個念頭來到銀波高中校友會辦公室。他在電話裡說是有一個曾經給對方添過麻煩的同學，但名字不記得了。貿然說出白道振這個名字的事，他則說好像是哪裡搞錯，就這樣蒙混了過去。

校友會辦公室位在健康食品賣場的三樓，感覺是使用整層樓，面對大馬路的每扇窗戶上依序貼著「銀波高中校友會」的字樣。因為字體很大，所以從外面馬上就找到了。

善赫走樓梯爬上三樓。總覺得莫名緊張，胸口揪成一團。感覺好像一打開門，九年前見過的那張臉就會冒出來一樣——該不會他沒死吧。善赫也不是沒這麼想過，電影裡也有那種以為死去的人歷經劫難復活之後，回來報仇的情節。但這個念頭實在太蠢，善赫決定暗自駁回。那天他們三人拖著那個沒有呼吸的學生，用土埋了起來。負責挖土的是畢鎮和善赫，把他推進坑裡的是元泰，然後他們三人一起蓋上了土。他們怕被發現，還用腳用力把土踩實。就算他們沒看清楚，就算那個人被推進土坑時還活著，在挖得那麼深又埋得那麼嚴實的土裡，根本不可能有辦法活命。

看著寫在廉價板子上的銀波高中校友會招牌，善赫深深吸了一口氣，再緩緩吐出，感覺不能讓人發現他很緊張。

他一敲門，就傳來回應，他開門走進去。

一個男人坐在正對入口的書桌前，他肩膀寬闊，臉型銳利，有著厚厚的胸肌、黝黑的皮膚和細長雙眼。就算是多年以前，善赫也看得出他的確不是九年前的那個學生。

「打擾了，我是打電話來的……」

「啊，是！」

男人爽朗一笑，用手指著辦公室中央的沙發。善赫在沙發上坐下，男人走向沙發旁邊的櫥櫃，上面凌亂地放著電熱水壺和裝著即溶咖啡包的紙盒。見他感覺要泡咖啡，善赫連忙揮了揮手。

「不用準備茶沒關係，我喝過了。」

現在可沒有喝茶的心情。從九年前那天之後直到昨天，善赫從來沒有想過他會見到這個叫做白道振的人。

白道振放下手上的即溶咖啡包，一屁股坐到善赫面前的沙發上，他的體重讓沙發陷了下去。

「您是要找白道振嗎？」

白道振咧著嘴笑道，善赫帶著尷尬的微笑回答：

「應該是我搞錯了。」

「那您怎麼會說出白道振這個名字？」

「這個……」

善赫想了一下該說到什麼程度，還有什麼是不該說的。考慮到警方的調查，他或許不該到這裡來才對。但警察不會知道的，那天他拿了放有白道振學生證的皮夾，還有包含善赫在內的三人幫殺了那個學生的事，警察都不知道。所以善赫覺得，他們不可能查到這間辦公室，也不會來這裡追問些什麼。再加上既然他說了白道振這個名字，如果隨便糊弄，對方應該也沒辦法確認那個學生是誰，所以他的判斷是，應該在某個範圍內據實以告比較好。

「其實小時候有一次偶然的機會，有一個學生幫過我，我一直想要回報，但生活也不是那麼容易，我從來沒有聯絡過他，所以我現在想要來找人。」

「那他是說自己叫白道振嗎？」

白道振搶先提出了問題。善赫看向他，如果有同名同姓的話，他應該早就說出實情了才對。

「就我所知我們學校叫白道振的人只有我一個，雖然不知道其他學校有沒有，但至少我手上的校友名冊裡面，是沒有其他叫白道振的人。」

善赫凝視著他，在腦海裡飛快地計算著，那麼他那天看到的學生證應該就是這個人的。那為什麼那個學生會拿著這男人的皮夾呢？為什麼又在深夜獨自拿著皮夾出門呢？

「所以我想請教一下，您高中二年級的時候，也就是九年前……」

善赫刻意露出凶狠的眼神。

「有弄丟過皮夾嗎？」

「高二的時候，那麼久以前的事……」

白道振話說到一半，突然睜大了眼睛。明顯可以看出他的眼神在晃動，他的眉頭瞬間皺了起來。

「你是誰？」

讓人意料之外的反應，善赫什麼話都說不出來，茫然地注視著他。

男人用顫抖的嗓音再問了一遍：

「你是警察嗎？」

不能說自己是警察，善赫迅速做了決定，這男人一定有什麼問題。

「不是的，我只是……」

「那你在探聽什麼！」

男人猛地站起來，接著一步就走到善赫身邊，一把抓起善赫的手臂把他拉了起來。他的力氣太大，善赫無法抵抗地被他直接拉到門前。

「這是做什麼，我只是想知道那個學生……」

「你走吧！反正個資是沒辦法透露給你的。」

男人的表現完全呈現了過度反應的樣子。越是這樣，就讓人越清楚知道他一定想要隱藏什麼。

「只要告訴我那個學生的名字就好。」

「就說了不行！要我報警嗎？」

白道振停下來，站在那瞪著善赫。他當然不可能報警，只是威脅善赫而已。證據就是白道振自己也在懼怕，他不知道善赫是誰，也不知道他為什麼想要調查白道振的皮夾。

而他也害怕有什麼被查出來，善赫的確說中了些什麼，但似乎沒辦法透過白道振確認那是什麼。萬一白道振真的報警就完蛋了，還是只能暫時先撤退。

「知道了，知道了。我會回去，請不要推我。」

善赫不得不轉過身，白道振打開門，把他推了出去。那個力道一直把他推到走廊上，碰的一聲，白道振粗魯地甩上門。善赫看著關上的門，不禁咬住下唇，不曉得白道振到底想要隱藏什麼。但拿著白道振皮夾的那個學生，善赫無論如何都必須查到他的名字和住址，這可是攸關他性命的問題。

善赫從校友會辦公室出來之後，便立刻前往公司上班。到訪校友會辦公室前，他已經先跟公司聯絡，謊稱自己身體不適得去一趟醫院，所以會晚點到公司。雖然已經決定請半天事假，可以不用趕在早上回公司，但現在可不是悠閒的時候。他開車前往辦公室，正準備停車時手機就響了。是紫熙打來的。紫熙用輕快的聲音喊他，善赫的心情瞬間輕鬆起來。

「善赫，你在哪啊？」

「在公司啊。」

說得好像理所當然一樣，因為他決定今天請半天假的事要對紫熙保密。不過現在他人是在公司的停車場，所以也不算是說謊。

「那你現在會不方便接電話嗎？」

「不會，沒關係，妳說。」

為了不讓聲音傳到電話的另一頭，善赫輕輕拉上手煞車，調成停車檔。

「就是，我想說你最近是不是有什麼事。」

「嗯？」

「上次見面的時候你好像也一直不專心，而且最近也很少跟我講電話，你對我的愛冷卻了喔？」

雖然最後一句話聽得出來有點開玩笑的意思，但感覺得出來紫熙很擔心他。其實這幾天善赫幾乎沒有打電話或傳訊息給紫熙。與其說是沒時間，倒不如說是沒有心情聯絡。

「抱歉讓妳這樣覺得，最近公司太忙了。」

「應該沒發生什麼事吧？」

「當然沒事。」

「那今天晚上要見面嗎？」

善赫稍稍猶豫了，不過他目前還是比較傾向「沒有那個心情」。還不如趕快把事情處理完，盡快回歸日常才對。

「對不起，我今天要加班。」

「是喔？」

聲音裡帶著明顯的失望。

「那善赫，既然你很忙，我們下下禮拜露營要取消嗎？」

善赫心裡一暖。他最近都沒好好關心紫熙，但紫熙總會顧慮善赫，一直很體貼，感覺他再也遇不到這麼好的女人了。是啊，九年前他們的確做錯了，是個錯誤，他會一輩子背負著罪惡感，銘記在心。但總不能到了現在才接受審判吧，一定要找到那個殺人犯，阻止他才行。善赫再次下定決心，如果只有殺人才能阻止那個人，那他甘願承擔。

「不用啦，我在那之前就忙完了，妳別擔心。露營我來負責準備，妳人來就好。啊，還有我們後天見吧，一起吃晚餐。」

善赫也很想見到紫熙，感覺光是見到紫熙就能暫時忘卻他現在的不安。

「好，我知道了。那你辛苦啦！」

「嗯。」

我愛妳，他猶豫了一下要不要說，結果還是直接掛上電話。他平常也不常說這句話，因為總覺得太常說的話，這句話的意義反而就失色了。善赫總想著以後求婚的時候，一定要說這句話。那個「以後」，應該是處理完這次的事就會到來了吧。

他下車，立刻上樓前往辦公室。同事都在工作，一見到善赫出現便異口同聲地問他：「還好嗎」。部長帶著疼惜的表情，說既然請了半天假，怎麼不下午再來就好。善赫雖然是因為其他原因提早來上班，但面對這些反應卻也不覺得愧疚。他把手提包放在座位上，側身靠向坐他隔壁的金經理。

「金經理，我有事想請教一下。」

正在編輯文件的金代理抬起頭，看向善赫。因為善赫的悄聲詢問，金經理一副發生什麼事了的表情。善赫轉頭，示意他出去再說。金經理環視了辦公室一圈，接著點點頭。善赫率先走了出去，金經理跟在他身後。

一走進休息室，善赫就向金經理轉過身。

「前輩，您在銀波高中有跟我同年的學弟吧？」

「你上次也有問我，怎麼了？發生什麼事了？」

當然不能說發生了什麼事。

「我想要找一個朋友。」

金經理似乎沒有很懷疑，他歪頭思考了一會，接著馬上問道：

「誰都可以嗎？」

「是的，誰都可以。」

按照善赫所想，只要是那個學年的學生，不管是誰都應該知道那起失蹤事件才對。只要能確認自己的想法是否正確，事情就會變得簡單許多。

「雖然還是要找人轉介，但應該可以介紹你一個人。」

「今天可以嗎？」

「你很急嗎？」

「心裡是滿急的。」

善赫開玩笑般地笑了笑，但他說的話是真心的。

「我知道了，那我聯絡看看。」

金經理當天下午便拿給善赫一張上面寫了電話號碼的紙條，說是他朋友的弟弟。善赫打電話過去，約對方共進晚餐，總覺得一切都進展順利。

到了晚上，開始下雨了。他們約定見面的咖啡廳就在公司附近，對方工作的地方也離這裡不遠，所以他們約了中間的咖啡廳見面。善赫把車留在公司，只從後車廂拿出雨傘，決定走路去咖啡廳。或許是雨下得突然，雖然是下班時間，但咖啡廳裡幾乎沒有客人。大概是見他一走進去就環視全場，坐在咖啡廳中央桌子的男人便從座位站了起來。

善赫低頭敬禮，朝那邊走過去。

「請問是朴在洙先生吧？」

「是的，我聽哲昱哥說了，你是要找誰呢？」

哲昱是金經理的名字。善赫和朴在洙握了手，朴在洙坐回位子，善赫也在他的對面入座。他已經在喝咖啡了。

「請問你認識白道振嗎？」

朴在洙立刻皺起眉頭，可能想到什麼不好的往事也說不定，朴在洙的回答果然和善赫的預想相差不遠。

「我知道他是誰，但沒有跟他同班過，也沒有想跟他變熟就是了。」

「那……這樣問可能有點唐突，但你還記得高二有個參加團體露營失蹤的學生吧？」

「是，我記得。」

朴在洙馬上點點頭。從眼神看來，他似乎不覺得這樣問有什麼好奇怪的。

事件當時新聞也鬧得很大，所以他也自然知道。

「當時失蹤的學生是跟白道振同班的嗎？」

「嗯……沒錯，應該是吧。」

「那你知道他們兩個人是什麼關係嗎？」

一進入正題，善赫才發現自己很緊張。朴在洙歪了歪頭，張大眼睛問道：

「請問您是刑警嗎？」

「咦？不，我不是。其實這件事跟我堂弟有關，所以才想請教。」

前往咖啡廳的路上，善赫一直在想要用什麼理由詢問這件事，但沒想到什麼適當的理由。

最後還是只能謊稱自己是事件關係人。

「啊……我還以為。」

「為什麼會覺得我是刑警呢？」

「因為你問了失蹤的學生，我還以為是不是重啟調查了。」

「我想問的是……那時候那個學生是不是跟白道振同一間房呢？」

朴在洙喝了一口咖啡，接著搖搖頭。

「這我不太清楚，不過……」

他放下咖啡杯，眼神閃爍。從他傾斜上身的樣子看來，似乎有什麼話想說。

「他們應該是同一間房，所以才會有那種傳言啊。」

「那種傳言是指？」

「聽說白道振叫他去跑腿幫忙買酒，然後那個學生就沿著那條路溜了，結果就失蹤了，類似這樣的傳言啦。」

「他平常也會被白道振霸凌嗎？」

「這我是不知道，不過我覺得有可能。他可是出了名的會欺負人，這個白道振。」

「不過倒也奇怪。如果白道振有叫他去跑腿，當時警察調查的時候，其他人不就應該會說出來嗎？」

「真的有的話，大家也不敢說啊。因為人又不是被白道振揍了之後跑出去失蹤的，如果說出來，不知道會被白道振怎麼樣耶。老師們也很怕他，因為他爸是地方的國會議員。大概老師們也是希望他平安畢業，沒事就好吧？」

善赫點著頭，但放在桌子底下的手卻用力握緊拳頭。他想的果然沒錯，那個學生那天是被白道振使喚的，拿著白道振的皮夾，但在黑暗中等著他的卻是三人幫。

善赫想起要搶那個人錢的時候，他苦苦哀求的樣子。比起三人幫，那個學生可能更害怕回去說皮夾弄丟之後，白道振會出現的反應吧。

善赫終於明白他為什麼會如此拚命。如果那個學生當時沒有這麼急切，可能也就不會導致他被殺了。

善赫似乎也能理解他問有沒有弄丟皮夾的時候，白道振的反應為何會如此敏感了。被自己派去跑腿的小孩失蹤了，白道振年幼的心靈想必也充滿恐懼。而且他父親還是地方國會議員，足以登上新聞的大事居然跟自己有關，他當然會想要隱瞞。而一起共用房間的其他學生，想必也都被他堵上了嘴。

學生們在接受警方調查的時候，一定也不敢把白道振的名字說出來。朴在洙說得沒錯，人也不是被白道振揍了之後才失蹤的，的確沒必要特地說出來。

「請問你還記得當時失蹤的學生叫什麼名字嗎？」

「啊，你不知道嗎？」

朴在洙的表情有些困惑，說是跟堂弟有關，他可能以為失蹤的人就是善赫的堂弟之類的。不過也沒有其他解釋的辦法，善赫只好凝視著朴在洙，於是對方給出了答案。

「他叫做昇勳，李昇勳。那個失蹤的小孩。」

過了九年之後，善赫終於確切知道他們殺死的那個學生叫什麼名字。現在是時候找出把這個名字放在心裡，向他們復仇的人是誰了。

江次烈正和崔仁旭一起前往銀波市珍浦洞。崔仁旭坐在副駕駛座，開車的是江次烈。江次烈凝視著前方，開口道：

「事情發生後過了九年，住址都沒變，看來是沒有搬家呢。」

「因為兒子失蹤了……會不會是覺得他隨時都有可能回來呢？」

崔仁旭歪著頭繼續說：

「那三個人跟李昇勳同學失蹤的案子真的有關係嗎？雖然說這種話有點……高元泰就算了，但另外兩個人真的看起來不像那種人。」

次烈一邊專心開車，同時側頭看了看崔仁旭。

「你目前為止抓過的犯人裡面，有幾個看起來像是會犯罪，而且真的有犯罪的？」

「那倒也是。」

車中流過一陣靜默。江次烈稍稍加快了車速，他也感受得到自己變得有些焦躁。

次烈把車開進珍浦大廈停車場。根據他們確認的資訊，李昇勳一家人就住在這裡的一〇三棟一五〇二號。李昇勳的母親在他失蹤四年後因為腦溢血去世。根據書面紀錄，除了失蹤的李昇勳不在，他妹妹和父親都還繼續住在這裡。

兩人決定先拜訪一〇三棟一五〇二號。按了門鈴但沒有回應。再次按下，卻還是沒聽見任何聲響，崔仁旭從對著走廊的窗戶往內仔細探看。

「好像沒有人在，要等嗎？」

「先去社區管理室吧。」

前往社區管理室的路上會經過大樓門口，他們二人看了一五〇二號的信箱。裡頭塞滿了信，幾乎快要沒有空間塞了。都是電費、瓦斯費、管理費通知書和各種廣告郵件，可想見這間房子應該有一段時間是閒置的。

管委會辦公室裡有個看起來五十多歲、身穿西裝的男士，還有一個穿著襯衫和牛仔褲的女子。待仁旭告知警察身份後，男子便表示自己是管理室主任，他們隨即被請進貼有會議室門牌的辦公室裡。

「有什麼事嗎？」

「我們想了解一〇三棟一五〇二號的住戶，可以讓我們見一下在這邊工作最久的保全是哪位嗎？」

管理室主任不解地歪頭，交互看著兩人。

「是什麼事……」

彷彿想阻止接下來的問題，仁旭斷然說道：

「是有關調查的事。」

管理室主任一邊思考一邊凝視著書桌的一角，習慣性地敲著手指。

「現在因為人事經費不足，不是每一棟都有警衛，而是由警衛室統一管理。大概五年前左右改的，我會去找找看在那之前就有值勤，然後在三棟工作過的警衛。」

「謝謝。」

管理室主任走出會議室，似乎是去打電話。不久之後女職員端來兩杯咖啡，放在桌上。她用一種好奇刑警來調查什麼案件的表情瞄著兩人，他們作勢要喝咖啡，避開她的視線，於是女職員也走出會議室。直到十幾分鐘之後，門才再度打開。開門的是管理室主任，他身後跟著一位看起來遠超過七十歲的老人。

「這位是在我們社區裡工作最久的警衛先生。對不對？」

「是，我在這裡已經做十五年了。」

這位身穿警衛制服的老先生表情帶著困惑，似乎在他十五年的職涯中，還是頭一次遇到刑警。

江次烈和崔仁旭從位子上站了起來。

「我們有事情想請教，您請坐。」

江次烈一開口，老先生便驚得瞪大眼睛。

「我是做很多年了，但也不知道什麼啊……」

「雖然是跟案件有關，但您不知道的話說不知道就可以了。我們只是問一下而已，不用有壓力。」

次烈把頭轉向管理室主任。

「主任。」

「嗯？啊，好。」

主任慢了半拍才明白次烈的呼喚是什麼意思，他原本出於好奇也想待在這裡，但事情的發展和想像中不同，似乎讓他有些失望。主任吩咐警衛先生要據實回答，便退出會議室，看來一開始就找管理室主任是個正確的決定。因為警衛大部分都會擔心自己說錯話，怕萬一釀成大禍怎麼辦，但既然管理室主任都說了要把知道的事都據實透露，那警衛也能更放心地挖出自己的記憶。

「請坐。」

次烈說完，警衛便在桌子另一側坐下。

「請問您認識一〇三棟一五〇二號的住戶嗎？他叫李炳春，他的兒子失蹤，有一陣子還上過新聞。」

李炳春是失蹤的李昇勳的父親。

接著警衛先生拍了一下膝蓋。

「您說那家啊！我記得。李炳春，那家的大叔好像就是這個名字。那個學生失蹤以後，每次遇到他們家的人我心裡都覺得怪怪的，就那樣嘛，又不能跟他們打招呼問說你好嗎？這樣很奇怪。」

警衛先生相較之下似乎記得滿清楚的，既然新聞報導的事件主角就住在自己工作的地方，會關注也是理所當然。

「他們登記的地址還是在這裡呢。」

「我偶爾是會遇到那家的大叔。」

「女兒呢？他們不是也有女兒嗎？」

「那個女兒就別提了。」

警衛揮了揮手。

「不知道這話該不該說……」

他說到一半就停了下來，好像擔心傳進其他住戶耳裡，會替自己惹禍上身，於是崔仁旭立刻開口道：

「儘管說沒關係，您在這裡說的一切事情我們都會保密的。」

警衛點點頭，看似滿意，他看起來有話想說。

「他們兒子失蹤以後，聽說那家的先生和太太都辭掉工作。管理費也交不出來，聽說管理室還停了他們家的水好幾次吧？而且好像還越欠越多債，什麼投資公司、徵信公司都寄一大堆信來，還有法院來的掛號信什麼的。而且也有人直接找上門。就這樣過了四、五年左右吧，有一天突然出事了。他們家傳出丟東西砸東西的聲音，住戶一直抱怨。我過去一看，這輩子從來沒看過鬧成這樣的。看起來把整個家裡所有東西都拿出來砸了，房子亂成一團，那家的先生在氣頭上完全失去理智……把女兒打得頭和臉都不成形了。如果我沒進去攔著的話，警察大概就要出動了。」

「您知道是為了什麼事才會這樣嗎？」

次烈問。

「當時我不知道啊！也沒有想問，問到了又能怎樣呢？不過我後來知道了，他們隔壁剛好是婦女會長家，她好像幾乎都聽到了。當時那婦女會長啊，那位可說是只要她知道，整個社區的人就都知道啦。」

「所以為什麼會發生衝突呢？聽您說起來好像不是互相，比較像是單方面施暴是嗎？」

聽見次烈的話，警衛用力點頭。

「把他女兒的臉弄得不成人樣啊！」

明明沒人會偷聽，警衛卻把身體靠得更近，壓低聲音道：

「聽說他女兒去酒店上班了。」

「啊？」

仁旭的反問有點大聲，這意料之外的話讓次烈也吃了一驚。

「兒子不見以後，他們家大叔不是為了找他連工作都辭掉了嗎？結果就欠債什麼的，他女兒只好去酒店上班賺錢來還啊。結果那大叔為了這件事大鬧一場，當時就叫她馬上離職啊，罵她有的沒的，結果沒多久那個女兒就離家出走了。」

「那現在……」

「那家太太過世以後，就剩那大叔一個人了，過年過節也從來沒看過他女兒回來。那個先生有時就一個人呆呆坐在社區的遊樂場然後回家，我有看過幾次，沒看過他在外面走動。」

「他們家好像空了有一陣子了。」

「大概四個月左右吧？搞不好有偶爾回來。」

應該沒有，次烈想起那滿出來的信箱。

「您應該不知道他家女兒在哪個酒店上班吧？」

「哎喲，這種事我們當然不知道。」

「最後再請教您一件事。」次烈說。

「李炳春先生的身形怎麼樣？身高大概多高，體格是不是很好之類的。」

警衛思考了一下便開口回答：

「體格很好啊！雖然他兒子失蹤之後，人是有變消瘦，但他的身高以那個年紀來說很少見啊，人群裡一眼就能看見他。我站在旁邊的話在他肩膀以下，大概超過一百八十公分吧？」

很接近國科搜（韓國國立科學搜查研究院）預測的嫌犯身高。

次烈看向仁旭，仁旭點點頭，意思是沒有其他要問的了。

「感謝您告訴我們這些。」

兩人和警衛道別後便去開車，次烈坐上駕駛座，問道：

「女兒叫什麼名字？」

坐在副駕駛座的仁旭從文件夾拿出一張紙，是親等關聯資料紀錄。

「李昇珠。」

「確認一下她的聯絡資料，看她現在住哪裡，查得到的都查。」

「是。」

迅速回到調查本部的兩人剛好趕上進會議室開會，會議目的是報告當天的調查內容，決定搜查方針。負責蒐集案件證據的警員報告，第二次案件中許畢鎮身亡的汽車旅館附近完全找不到任何監視器，目前已經掛出告示徵求提供附近的行車紀錄器。其他人也沒有找到什麼線索，只是一直提出疑問而已。

為什麼現在才想要報仇？

為什麼要引人注目刻意展示殺人呢？

為何被害人都沒有反抗就身亡了呢？

輪到江次烈了，他從座位上起身站到講台上。

「預告殺人的紙條上有提到九年前的事件，因此我們去調查了九年前三人幫發生過什麼事。」

接著他開始講述九年前三人幫居住的越善面，曾發生李昇勳參加團體露營後失蹤的案件。接著概略說明了今天在李昇勳父親居住的大廈得到的消息，其中一位組員帶著不太滿意的表情舉起手。

「有證據指出這個失蹤案和那三人有關嗎？」

「目前還沒有。」

台下紛紛傳出嘆氣聲。

「但我認為三人幫的三個人應該曾經與人結仇，而且是嚴重到讓他們被殘忍殺害的大事，所以當時喧騰一時的案件當然都應該要再進行調查。」

「犯人的意圖會不會是故意要擾亂調查呢？被害人高元泰和許畢鎮聽說偶爾會見面，但吳善赫幾乎都沒跟他們聯絡。有可能什麼九年前、三人幫之類的事都是在掩人耳目，會不會只是單純對高元泰和許畢鎮懷恨在心才殺人的？」

這次發問的人是本部長。江次烈稍稍轉身，看向本部長。

「假如是那樣的話，那我們目前的所有疑問都沒辦法得到解答。為什麼現在才要報仇、為何要刻意展示殺人，為什麼毫無反抗就死了，還有……」

次烈拉高麥克風。

「為什麼吳善赫在這情況下還不申請個人安全保護。」

江次烈回到辦公室，剛一坐下，崔仁旭就走過來。他把寫著電話號碼的一張紙條放在江次烈的書桌上。

「有查到李昇珠的聯絡方式，但是現在變成空號了。」

江次烈輕輕咬著下唇，接著喃喃自語起來：

「李炳春體格很好……」

他在回想剛才跟警衛的對話。仁旭問：

「是不是因為沒有抵抗的痕跡？」

「嗯。從第二次案件留下的血跡看來，兇手的身高跟李炳春很接近。問題是第一次的目標高元泰，他可是很會打架。根據國科搜法醫解剖的結果，體內也沒有檢測出酒精或安眠藥成分，所以他是在清醒的情況下遭到攻擊，李炳春辦得到嗎？而且他也有年紀了。不然的話……」

「就是有共犯吧。」

「還有再把高元泰的信用卡消費記錄調出來看看。」

「怎麼突然要信用卡消費記錄？」

「這種炫耀式的犯罪，你應該看過不少犯人為了誇耀自己還沒被發現的犯行，最後被抓吧？」

「是啊。」

某女大學生殺人案，還有殺害銀波市酒店老闆娘的案子皆是如此。都是犯人對朋友或獄友炫耀自己的犯行後遭到舉發，最後被逮捕的案例。次烈想著想著，開口問道：

「你覺得他們會在什麼情況下跟朋友炫耀？」

「咦？什麼情況下啊……」

「會在很清醒的時候，只是想炫耀就說出來嗎？」

「不可能吧，其他案子也是，一般都是喝到醉醺醺……喔？」

仁旭瞪大眼睛，次烈的眼角微彎了一下。

「喝酒的地方？」

「對啊。」

「學長，你是不是覺得犯人是在李炳春女兒工作的酒店講的？」

「只是假設啦！但萬一是真的，就解決其中一個疑點了。」

「什麼疑點？」

「為什麼拖到現在才要殺人。」

崔仁旭的嘴微微張開，似乎是完全沒想到的樣子，但他的眼神隨即暗了下來。

「但李炳春和他女兒五年前就吵架斷絕關係了……」

「你想想看，李炳春的女兒一開始去酒店上班的契機是什麼？就是她哥失蹤了。之後整個家支離破碎，連她媽媽都死了。雖然已經跟爸爸斷絕關係了，但在酒店偶然從高元泰口裡聽到他嚷嚷著那個事件，那女兒會怎樣？」

「就算斷絕關係，應該也會去聯絡爸爸吧……」

「沒錯。那高元泰的案子就可以理解了。不管李炳春的力氣多大，對方比較年輕，而且還是出了名地會打架，李炳春不可能一口氣壓制高元泰。但如果是認識的人，讓他掉以輕心的話呢？」

「你是說在酒店遇到的李炳春的女兒？」

「當然這都是我的推測，所以現在要確認才行。」

江次烈拍向書桌，臉上掛著一抹意味深長的微笑。

「剛剛說的，高元泰的信用卡消費記錄，再加上李炳春的信用卡消費記錄全部都調出來。」

崔仁旭的眉頭皺了一下。

「那學長你要做什麼？」

「我？」

江次烈笑了出來。

「我要去守著不知道自己是下一個被害人的吳善赫啊。」

接著他喃喃地說：

「不知道是守著還是看著就是。」

晚上八點，夜幕悄然降臨，他仰頭看向大樓。銀波高中校友會辦公室的燈全都關了，校友會會長白道振想必已經下班，他刻意挑了白道振不在的時候來。

三人幫殺死的學生不是白道振，而是李昇勳，這件事讓善赫感到一陣寒顫，彷彿所有血液都流出身體。過去整整九年，他都以為他是另一個人。

得找出李昇勳的地址才行。從元泰和畢鎮的死，還有犯人提到九年前的事件看來，下一個目標絕對就是自己。而且犯人和李昇勳的關係想必非常親近，不然不至於犯下殺人惡行。

善赫最先想到的是李昇勳的家人。犯人可能是他的父親、母親，也可能是兄弟姊妹。而且完全不曉得對方是怎麼知道是三人幫殺死李昇動的，但有一點可以確定——下一個目標就是自己。既然知道了，那自然不能坐以待斃。

所以善赫今天才會來到這裡，他想查到李昇動家裡的住址。而就算詢問學校，校方也會表示無法提供個資。因為李昇動不是畢業生，或許校友會也沒有他的住址，但現在能寄望的地方就只剩這裡了。

善赫從健康食品賣場旁邊的樓梯小心翼翼地走上三樓。爬得越高，樓梯就越暗。萬一門鎖住了，善赫決定就算破門也要進去，所以他的背包裡還放了鐵製的翹棒。用鐵鎚破門的話一定會發出巨響，如果被鄰居聽見聲音報警就糟了。用翹棒的話聲音比較小，還可以把鎖翹下來。

不過門沒有鎖，他不抱期待地握住門把轉動，門就這樣開了。該不會裡面有人吧？善赫的心臟一緊，不過燈分明是關著的。白道振該不會睡在這裡吧？那樣的話就只能應付他說有事想問，所以才找上門的。善赫打開門，小心翼翼地走進去。似乎沒有人在，他本來想開燈，但手碰上開關時便停下動作，他拿出手機，打開手機的手電筒，明亮的光線從手機後方射出。善赫拿著手機移動，讓光線照向辦公室內側。首先沙發那側沒有任何人。他吐出一口氣，將手電筒移向書桌，瞬間停下腳步。一個大塊頭趴在書桌上，分明就是白道振本人。是他趴在桌上睡著，連下班都忘了嗎？

善赫短暫思考了一下該怎麼辦，辦公室管理的文件都放在白道振書桌後面的壁掛書櫃裡。不管白道振睡得再怎麼熟，實在不可能偷翻文件。他隨時都有可能醒來。似乎只能叫醒白道振，想盡辦法突破他的心防，要到李昇勳的地址了。

「那個……會長？」

不曉得該怎麼稱呼他，善赫只好脫口而出「會長」二字。雖然是他自己說的，但還是忍不住心想「校友會會長也算會長嗎」。趴在桌上的白道振看來並沒有醒，善赫想起附近有便利商店，他是喝醉了嗎？抱著這個念頭，善赫靠近書桌。

短暫的呼痛聲被他一口吞了下去。因為太暗看不清楚，善赫的大腿撞上了書桌邊角，他皺起眉頭用手揉著大腿。但總覺得有點怪怪的，手上感覺一陣濕黏。伴隨著不祥的預感，他反射性地用手機的光照向自己的手，差點大叫出聲，是血！他手上沾著鮮紅的血。他著急地跑向門口，按下電燈開關。灑下的燈光瞬間驅走黑暗，照亮了整間辦公室，善赫慶幸自己沒有待在原地。

白道振趴著的書桌上滿片是血，還有一部分流到地板上。白道振正面朝下，趴在自己的血泊之中。善赫迅速跑回書桌，搖著白道振的肩膀。

「白道振！」

但他一動也不動，善赫用食指和中指觸碰白善赫的側頸。原本應該穩定跳動的動脈沉睡般寂靜無聲，他的皮膚也早已失去溫度。善赫倒抽一口氣，往後退了一步。他急得拿起手機，用顫抖的手指按下鍵盤，準備撥打一一二，但他的手指卻在通話按鈕的上方停了下來。

善赫凝視白道振的後腦勺。

他已經死了。而且在這裡報警的話，就必須向警方說明自己為何會來到這裡。善赫想起眼神犀利的江次烈刑警。那個人現在查到什麼地步了呢？想查到九年前越善面發生過什麼，對他而言根本輕而易舉。而自己在這種情況下來到校友會辦公室，又該怎麼解釋呢？想必一定輕易就能推敲出他在找李昇動的家人，善赫用力咬住下唇。

善赫走向門邊的洗手台，把沾了血的手洗乾淨。

再把手機放回口袋，走向書櫃。一一確認每個資料夾上標記的畢業年份，然後他的手停在其中一個資料夾。

「二〇一六年畢業生名單」

三人幫殺死李昇動的時候，他十八歲。對於失蹤的李昇動，學校是怎麼處理的呢？雖然可能註銷學籍，但難道不會留在畢業生名單裡嗎？搞不好有讓他象徵性畢業也說不定。不是也有人把意外去世學生的照片，用合成方式放進畢業紀念冊裡，引起很大迴響嗎？為了避免沾上指紋，善赫用指尖小心地翻開畢業生名單的資料夾。名單是按姓名順序整理，要找到李昇動並不難。幸好正如他所想，李昇動的名字就在上面。雖然也看見備註欄上寫著「註銷」，但那並不重要。善赫拿出手機，拍下有住址的部分。雖然住址不一定沒變，但這是能追查到李昇動的唯一線索。他把資料夾重新放回書櫃上，站起身，現在得快點離開這個辦公室了。既然人都死了，那也就不用急著報警。就算不由他來做，總是會被別人發現的。

走過滿是血跡的書桌旁，善赫忽然驚覺不妙。那攤血上留有他的指紋。而且走進這間辦公室時，他握了門把。一定有沾上指紋。

善赫迅速脫下襯衫，再把穿在裡面的排汗衫脫了。他穿回襯衫，把排汗衫拿來用力擦拭門把，接著走回去從書桌上觀察，用排汗衫胡亂抹去印有自己手印的那攤血。雖然血跡沒有擦得很乾淨，但他的手印的確是抹掉了。文件是用紙做的，所以只能擦拭資料夾的外面。警察不會知道他碰過哪裡，所以應該不至於查到那個地方。

手機忽然響了起來，善赫的心臟簡直要嚇停了。他像跑了幾百公尺的人一樣喘著粗氣，拿起手機確認螢幕，是紫熙打來的電話。他遲疑了一會，還是決定掛斷，現在可不是在這悠閒接電話的時候。

善赫關掉辦公室的燈，用運動衫沒沾到血的部分抓著門把關上門。走下樓梯時，他在心中急切地祈求不要遇到任何人。到了樓梯尾端，他停下腳步，身體緊貼著牆壁。要先確認沒人經過，再走回人行道上。

大約三十分鐘後，善赫才回撥給紫熙。從辦公室出來之後，他的心臟一直不安地跳著。雖然完全沒心情跟紫熙講電話，但他還是覺得應該打回去。雖然指紋擦掉了，但現在到處都有監視器，萬一被人發現他去過校友會辦公室，就一定會被調查。據他所知，死亡時間的範圍很廣，會推估是幾點到幾點之間。雖然還得想一個理由說明自己為何去校友會辦公室，但可以推說當事人那時還活著，善赫覺得倒是值得一試。從血還沒凝固這點看來，搞不好是圓得過去的，所以善赫在那之後的行動就很重要了。假如警察調查通聯記錄，發現他沒有接紫熙電話，或許會起疑也說不定，必須跟紫熙通個電話，讓紫熙親口說出他和平常沒什麼兩樣才可以。

「發生什麼事了？」

紫熙接起電話便冷不防地問，讓善赫的肩膀不由自主地抖了一下。

「嗯?沒什麼事啊，怎麼了？」

他努力控制驚慌的情緒，用沉穩的聲音回話。

「沒什麼事怎麼會掛我電話？」

「我要接公司的電話啊。」

「你最近都不太跟我聯絡，你好奇怪。」

紫熙發出懷疑的吸氣聲。

「不是跟妳說我公司很忙，沒辦法聯絡嗎？而且我還要常常陪前輩們喝酒。不過，還是抱歉沒跟妳聯絡，我沒想那麼多。」

「那就好，我還以為你不愛我了。」

紫熙氣鼓鼓地抱怨著，不禁讓人想像她雙頰鼓起，嘴唇氣嘟嘟的可愛模樣。

「怎麼可能！現在要見個面嗎？」

雖然他的確需要證詞，說他們和平常一樣愉快地約過會，不過善赫現在迫切地想見到紫熙。只要見到她，心情似乎就能平靜下來。而且他的決心也能因此不再動搖，為了不失去紫熙，他下定決心無論什麼事都願意做。

「現在嗎？」

「我想我們紫熙的時候，還要挑時間啊？」

電話那頭傳來紫熙銀鈴般的輕快笑聲。

「你今天比平常更油嘴滑舌喔，好啦，要在哪見？」

他們約在紫熙家附近的咖啡廳見面。因為是二十四小時營業，隨時都能造訪。約好之後掛上電話，善赫看著自己的手。沾滿白道振血漬的排汗衫還握在他的手裡。和紫熙講電話的時候彷彿短暫地做了一場夢，現在有種夢醒被丟回現實的感覺。

雖然善赫也想盡快見到紫熙，但他還是繼續走著。走了好一段路，背都被汗水浸濕的時候，他把排汗衫塞進被棄置某個大樓前的專用垃圾袋裡。垃圾袋沒有滿，所以塞進去後也看不清血漬。等到明天凌晨，這袋垃圾就會被送到誰也找不到的地方去吧。

善赫抵達咖啡廳的時候，先到的紫熙便舉起手來。一看到紫熙，善赫就覺得自己的心情平靜許多。好像又重新一腳踏進夢裡的感覺。只要有紫熙，他就可以撐下去。

「我幫善赫點了咖啡喔，可以吧？」

「當然。」

「但我點了以後有點後悔，要是咖啡因害你晚上睡不著怎麼辦？」

反正今晚應該是睡不著了。

「沒關係，我對咖啡因沒那麼敏感。」

「那就好。」

取餐呼叫器響了，善赫一伸手，紫熙就迅速拿起呼叫器。

「你看起來很累，我去拿好了。」

「謝啦。」

「謝什麼，我現在是發動碎碎念之前先服侍你一下。」

紫熙調皮地笑了笑，微微吐出舌頭，那個笑容讓善赫也不自覺跟著笑了。

但紫熙一走，善赫便立刻開始想別的事。

白道振究竟是誰殺的呢？

是殺了元泰和畢鎮的兇手嗎？但他不是公然在紙條上寫了他要殺三人幫嗎？那下一個目標應該是善赫才對，難道……一開始說要殺的三人，也包含白道振在內嗎？善赫搖搖頭。那他就不可能寫下三人幫這個詞才對。就像善赫查到的一樣，兇手或許也發現了白道振對李昇動做過什麼，不能排除這個可能性。

有沒有可能是完全不相干的事件呢？從白道振平日行事看來，他也不是什麼絕對不會與人結怨的類型。殺死白道振的，搞不好根本就是別人。

「你在想什麼，那麼認真？」

回過神來，才發現紫熙早已回到座位，咖啡已經放在善赫的面前，看來他剛才完全神遊去了。

「抱歉，我在想工作的事。」

「你臉色不太好，有不舒服嗎？你這麼累，今天好像不應該見面的。」

剛剛還抱怨最近很少通電話的紫熙，現在又用非常擔心的表情看著善赫，看著她的眼睛，善赫的心跳便緩和下來，他搖搖頭。

「不會啦，這算什麼。不過……」

他喝了一口咖啡，放下杯子，然後和紫熙四目相對。她把頭側向一邊，眼睛睜得大大的，似乎正好奇善赫要說什麼。善赫伸出手，用自己的手蓋住紫熙放在桌面上的手，紫熙的溫度讓他的心為之融化。

「不管我做了什麼，妳都會站在我這邊嗎？」

紫熙的眉頭瞬間一緊，她用力抽開雙手。

「什麼？你真的劈腿？」

善赫忍俊不禁，大笑出來。

「我不是那個意思啦，只是突然想知道。妳有辦法絕對不放棄我嗎？不管我發生了什麼事。就算我犯了很大的錯，妳也願意認為我一定有苦衷，願意理解我嗎？」

「善赫，發生什麼事了？」

「就說沒什麼啦。」

紫熙圓圓的大眼睛朝空中看去，似乎陷入思考當中。

「殺人、放火、詐欺、強姦，這些不行，其他可以。」

雖然是開玩笑的語氣，善赫的心臟卻好像凝結了，他硬是擠出笑容。紫熙用手指碰著下巴，又再歪了歪頭。

「偷竊的話……如果窮到口袋都破洞的話大概可以理解吧？嗯……我也不曉得。」

紫熙的聲音不知從何時起已經傳不進善赫耳裡了。他感覺難以呼吸。只要想到自己變成九年前事件的犯人被逮捕，而紫熙會斥責這一切，轉身離他而去，就覺得周圍的氧氣彷彿都消失了一般。

「你的表情怎麼這樣？」

紫熙覺得奇怪，抬頭看向他的臉時，如果不是因為剛好有客人闖進咖啡廳，善赫搞不好就會說要走了。這根本不是他想要的「和平常一樣」。

「這裡有咖啡嗎？」

這響徹店內的大嗓門來自剛才進來的客人。是個小腹突出，目測約五十歲左右的男人，他穿在夾克裡的襯衫有半截露在褲子外面，一陣酒氣襲來。

「有是有……」

店員支支吾吾地回答。看見這情況，紫熙皺起眉頭，把頭轉回反方向，對善赫小聲說道：

「如果你老了以後變成那樣，我好像不能原諒耶。」

善赫噗哧笑了出來。

「來一杯咖啡！好！坐在哪好呢？」

善赫轉頭看向男人。雖然希望那個人不要坐過來，但萬一真的過來了，善赫就打算帶紫熙離開這裡。他不想惹上麻煩，也不想要兩人相處的時間被打擾。很可惜那個男人好像沒有感應到善赫的心情，他歪歪扭扭地朝兩人走過來，似乎在挑選座位。

就在要走過兩人身邊時，那個男人突然停下了腳步。

「喔？妳？」

善赫抬頭，男人指著紫熙，眼睛瞪得大大的。

「妳認識嗎？」

善赫一問完，紫熙便往旁邊瞥了一眼，又把頭轉到反方向。她搖搖頭。男人卻提高了音量。

「妳別亂說！不是認識嗎？白香！」

善赫站了起來，如果對方挑釁，他也有動手的打算。

「你在說什麼啊，麻煩你離開。」

男人伸手揮向善赫的手臂。

「明明就是！妳就是那個白香的！白香的藝理不是嗎！」

「夢、凱蒂沙龍、西珍ROOM、白香、凱蒂沙龍、頂點、白香、白香。還去了真多間啊。」

看了高元泰生前六個月的信用卡消費紀錄，江次烈不禁咂舌。負責蒐集資料的崔仁旭已經先把確認是酒店或沙龍會館的店名用螢光筆標註了。除了這些以外，可能還有其他喝酒的地方。因為從事非法行為的酒家，通常不會使用有商業登記的刷卡機。也可能會借用登記在文具店、撞球館名下，甚至偶爾還有書店名下的信用卡機。

「最常去的店叫做白香啊。」

「先從那家店開始調查比較好吧？」

「難說，他常去也不保證那家店就查得到線索。」

「那學長是說，這清單上的所有地方都要查嗎？」

崔仁旭的音量變大了。次烈笑著起身，拍拍仁旭的肩膀，便走出辦公室。仁旭深深嘆了口氣，垂頭喪氣地跟在次烈後面。

調查清單上的店家幾乎都聚集在同一個區域。高元泰似乎會輪流造訪他家附近喝酒的地方。對次烈二人而言，這也算是一種幸運吧。

他們最先去的地方是被列在第一間的「夢」。走進位在地下室的入口，就聞到一股奇怪的味道。似乎是為了遮掩潮濕的霉臭味點了香之類的，所有氣味混在一起，聞起來就更不好了。晚上的客人不會覺得臭嗎？或許就像店名一樣，他們用一種踏進夢裡的心情走進來，搞不好根本不在意什麼味道。

「我們還沒開門。」

穿著緊身背心的男子向兩人伸出一隻手，一邊說道。

那身紅色系背心上還貼著亮片，看起來非常華麗。他看起來應該是服務生，一隻手拿著掃把，次烈把自己的警證拿給他看。

「我們是警察，有事情想確認一下，請問老闆在嗎？」

「老闆是我喔。」

他聽見聲音回頭一看，一個身穿緊身黑色洋裝的女人正走下來，看起來像剛要上班的樣子。她燙著一頭及肩的大波浪捲髮，手上拿著看似鱷魚皮的包包。雖然整體穿著偏低彩度的顏色，卻莫名顯得更加華麗。女人的年紀看起來大概五十歲出頭。

次烈再次對她展示了警證。

「我們是警察，可以跟您說句話嗎？」

「有什麼事嗎？」

「跟我們正在調查的事件有關，只要一下就好。」

「如果我拒絕的話感覺會很嚴重耶？」

見次烈態度木訥，她遮著嘴仰頭笑個不停。

次烈和仁旭被帶到最裡面的包廂。房裡圍著好幾張沙發，最上位背後的牆壁上掛著一幅巨大的畫。看起來是李奧納多．達文西的仿製畫，粗糙的作工反而和這家店很是相稱。

「所以你們要問什麼？」

老闆把香菸放在桌上，問道。她沒有拿出打火機，看來沒有真的想要抽。兩人面前擺著服務生拿來的瓶裝提神飲料，他們誰都沒有伸手。

「請問這個人有在這裡工作嗎？」

江次烈拿出手機，點出一張照片後推向老闆。

「我看一下哦。」她微妙地拉長語尾回答後，接下手機，歪頭笑了一下。

「好清純喔，這裡的女孩子妝都畫很濃，這樣認不出來啦！幾乎是換一張臉耶。」

不知道是不是覺得自己很幽默，她獨自開懷大笑。

江次烈又道：

「如果是認識的人，應該多少認得出來吧？再麻煩您仔細看一下。」

「你這歐巴脾氣很硬喔。」

或許是他們沒跟著她的玩笑話一起笑的緣故，老闆有些不悅，她噘著嘴再次拿起手機。雖然嘴上那樣說，但這次看得更仔細了。

照片裡的人是失蹤學生李昇勳的妹妹，李昇珠。這是她身分證上的照片，大概是十九、二十歲出頭時拍的，照片中的李昇珠正如女老闆所言，看起來非常清純。長髮配上小臉，雖然眼睛和李昇勳一樣屬於細長型，給人印象不深，但整體而言是清爽乾淨的類型。

看了好一陣子，老闆把手機推回次烈面前。

「沒看過這孩子，不是我們這裡的。」

「可能是很久以前來上過班。」

老闆搖搖頭。

「不會，我也是有眼力的人，來我們這上班的沒有這個人。」

「確定嗎？」

「應該吧？」

「那這個人呢？」

次烈把李昇珠的照片滑掉，點出另一張照片。

「啊！這個人我認識啊！」

「是常客嗎？」

「不是常客，是奧客。他好幾個月才來一次，但每次都付了酒錢以後，就要求一些更過分的事。」她一邊碎念，一邊翹起二郎腿，這話聽起來像是真的。崔仁旭調出來的信用卡消費明細裡並不常出現這間店，但老闆還是記得高元泰，表示他的所作所為想必跟那張臉一樣糟糕。

「可以知道當初是哪位員工進這個人的包廂嗎？」

「這我不知道耶，稍等一下。」

女老闆向某處打了電話。

「你進來一下。」

稍待片刻，一個男人開門走進來。

老闆把顯示著高元泰照片的手機推向他。

「你去問小姐們，如果有人進過他的包廂，就把人帶過來。」

吩咐完之後，女老闆表示要先離開，便走出包廂。大約十分鐘後，一名女子推開包廂的門。大概還沒換上工作用的服裝，她穿著寬大的T恤和運動褲，一頭長髮垂至腰間，化了完美的全妝。

「請問你們是警察嗎？」

「是的，請坐。」

次烈指著他對面的沙發，女子帶著充滿好奇的表情入座。

「有什麼事呢？」

「請問妳記得照片上的男人嗎？」

「記得，他是我的客人。他滿盧的，我不太喜歡，但他最近也都沒來了。怎麼了嗎？」

女子似乎很好奇警察上門的理由，眼神亮晶晶的。大概想要等他們回去以後，跟同事們好好聊一下八卦吧。

原本想說高元泰的屍體被人發現的事，但次烈還是忍住了，他改口問道：

「這個人有沒有在喝酒的時候，說過一些以前的事呢？」

「以前的事？」

「對，比方說年輕的時候很愛玩啊，或是他進進出出監獄的事。」

「這種事好像還好……啊！對了。」

原本正在思考，眼睛看向天花板的小姐似乎靈光一現，猛地拍了一下手。

「那個人之所以會被說是奧客，就是因為這件事情。」

「麻煩仔細告訴我們。」

「喝酒的時候還好，那傢伙就是喝醉以後會有點毛病。」

「什麼？」

次烈睜大眼睛，好像不知道她在說什麼。

「就是一些壞毛病啊，動手動腳的。」

她指著自己的胸前，畫了兩個大圈。

次烈乾咳起來，仁旭則紅著臉連忙移開視線。

「不給他摸的話，他就會大吵大鬧啊。你們剛剛有看到那個穿西裝的歐巴吧？他每次都鬧到我們要叫那個歐巴進來……然後他就會說，叫我們不要隨便動他，說他有殺過人。」

江次烈和崔仁旭同時對上了視線。次烈說：

「這件事還有誰有聽過？是只有您和剛才穿西裝那位知道嗎？」

「您什麼您啊，叫小姐就好了，您是怎樣。沒有，這裡所有人都知道啊！我們只要沒客人就喜歡聊八卦。」

那就表示在這裡工作的所有人都知道了。

臉上熱氣好不容易散去的崔仁旭問：

「他有說是在哪裡殺了什麼人嗎？」

「那倒沒有，說之前就被趕出去了。」

結束談話前，江次烈再把李昇珠的照片找出來，推到女子面前，因為她們職業特性上可能經常更換店家，所以搞不好有看過也說不定。

但女子表示她沒看過這個人。

「這種類型的這行業幾乎沒有啦。」

兩人踏上階梯，重回地面時，陽光還熱辣辣地照在馬路上。次烈用手搧風，一邊環顧四周。第二個要去的「凱蒂沙龍」似乎也在這附近。

「總之他好像喝了酒就會說他殺過人的事。」

「與其說是喝酒的關係，不如說是他感覺要被瞧不起的時候，就會說吧，想要得到一種優越感。」

馬上就找到凱蒂沙龍了，在那裡打聽到的內容也和第一間「夢」說的差不多。說高元泰喝醉就會發酒瘋，只要一有不滿就會嚷嚷著自己殺過人。他們在凱蒂沙龍遇到的女員工表示有聽到更詳細的故事：

「聽說他高中的時候殺過人，還把人埋起來，他說那個人的鬼魂現在還在越善徘徊。他說是真的但我沒有相信啦，現在很多人都很會嘴砲啊。」

他們在接下來造訪的「西珍ROOM」、「頂點」和「白香」也得到了相同的反應，差別只在於有沒有提到越善面的事而已。高元泰最常去的白香，那裡的員工也知道這件事。

「聽說那人是從銀波市來的書呆子，好像說什麼，有給他嚐到苦頭之類的。」

在白香工作最久的女員工如此說道。

「請問妳是直接聽高元泰說的嗎？」

坐在對面沙發的女子身穿緊身洋裝，頭髮蓬鬆，已經做好接客的打扮。她嘴唇塗得鮮紅，輕輕笑了起來。

「不是，有人專門負責他，我是叫她清潔隊啦。」

「那是誰呢？現在還在上班嗎？」

她搖搖頭。

「她離職了，應該好幾個月了吧。」

「她怎麼會變成專門負責高元泰呢？是高元泰指名的嗎？」

「不是耶，是她自願進包廂的。後來我們有問，她說是小費給比較多，那人看起來不太像會多給就是了。總之她自告奮勇要處理，我們當然好啊。而且她離職之後，那個奧客也沒來了，難道他們在一起了嗎？」

「沒有，不是。」

正在談話的江次烈眼神銳利。

就像女子說的，高元泰不是那種會給小費的人。在夢那家店也聽說，高元泰付錢之後會吵著提出更過份的要求，被附近的所有酒店沙龍視為麻煩人物。但為什麼那個被叫清潔隊的女人要自願處理高元泰呢？次烈莫名急躁起來，於是再次丟出下一個問題。

「那她叫什麼名字？」

「藝理。」

「姓什麼？」

「就叫藝理耶，我們都這樣叫的，媽媽桑取了之後就變成我們的名字了。」

「所以不是本名囉？」

崔仁旭問完，女子便點點頭。

之後他們雖然想向媽媽桑問出「藝理」的本名，但找不到相關文件。媽媽桑一臉困擾地說：

「有些女孩子會借了錢就逃跑，所以我們都至少會影印她們的身份證，但就是沒有藝理的，怎麼會這樣呢？」

她歪著頭，緊咬著嘴唇，再怎麼看也頂多三十出頭而已，實在跟媽媽桑這個稱呼不太搭，讓人覺得或許真正的老闆另有其人也說不定。

走出店門前，最後再讓她們看了李昇珠的照片，果然還是都說沒看過。

「李昇珠和高元泰沒有關係嗎？」

走到外面時，崔仁旭開口問。次烈深深嘆了一口氣。總覺得似乎找到一點提示，但才一接近，卻又像迷霧般煙消雲散。

「我有點在意那個叫藝理的。」

崔仁旭剛要回答，電話就響了。仁旭把手伸進口袋掏出手機，確認完來電號碼後接起電話。

「喂，我是崔仁旭。是……什麼？我知道了。麻煩把地址傳給我。」

掛斷電話的仁旭皺著眉頭看向次烈。

「學長，聽說又發現了一具跟我們案件有關的屍體。」

次烈的心臟彷彿發出「咚」的一聲，向下墜落。他瞪大雙眼，追問的語調不自覺地激動起來。

「吳善赫？」

被兇手點名的對象的確是那三人幫。吳善赫、許畢鎮和高元泰。其中兩人死了，剩下一個人。聽到又發現一具屍體，自然會覺得是吳善赫。

崔仁旭搖頭。

「好像不是。」

他說話的同時手機響起提示音，崔善旭點開手機，確認傳來的訊息。

「被害人姓名是白道振，據說是銀波高中校友會會長。」

去到地址的現場一看，已經聚集了很多看熱鬧的人。鄰近分隊來支援的警察正在建築的周圍阻擋人群。

校友會辦公室所在的三樓拉起了封鎖線。拿出警證接受檢查之後，兩人飛也似地衝上三樓。

裡面已經有幾位科學搜查隊員在拍照和蒐證。崔仁旭向最近的隊員要了兩雙鞋套，分給次烈套上後，便走進裡頭。

為了保存地上的腳印和血跡等證據，整個地板幾乎都貼了通行板。這也意味著這次死亡留下的痕跡何其多。

屍體就躺在辦公室中央。右側面部有淡淡瘀青的痕跡，脖子上則留下被刀深深刺入，怵目驚心的傷口。就像之前的事件一樣，都看準了頸動脈。書桌上留有引人注目的大片血跡，讓人猜想他大概就死在書桌上。為了拍到清楚的照片，國科搜的隊員已經報告會移動屍體。屍體被發現時的狀態是趴在書桌上，而那模樣也被相機拍了下來。

白道振身穿西裝襯衫，有三、四顆鈕扣被拔開，他的胸口留有看似用刀劃開的長長傷痕。襯衫上沾滿了血，整體來說屍體上留下許多打鬥的痕跡。

「你來啦？」次烈尋向聲音的來源，發現是搜查本部長站在那裡，次烈簡直不敢相信連部長都被請來了。這個現場和當初高元泰、許畢鎮被發現時的情況很不一樣。他們兩人死時，現場完全沒有打鬥的痕跡。但這次屍體上留下的打鬥痕跡太多，卻沒有刻意移動屍體引人注意的舉動，這次事件完全沒有發現相似的共通點。

正想把想法說出口時，部長開口了：

「這是在屍體嘴裡發現的，字跡一樣的紙條。」

他把手裡的東西拿到兩人面前，蒐證用夾鏈袋裡放著一張看似情急時撕下的紙條。兩人讀了上面的內容，並同時閉起嘴巴。用肉眼看也知道，字跡跟前兩次事件是一樣的。

多了一個。

「到底在說什麼啊你！」

善赫猛然起身，用力推了男人的肩膀。男人一直指著紫熙，問她是不是什麼「白香的藝理」。

誰都聽得出來「白香」一定是酒店的名字，居然敢隨便亂說。咖啡廳裡的人和櫃台店員一直偷偷往這裡看。紫熙坐在位子上一動也不動，搞不好是嚇壞了。

「明明就是藝理啊？」

「你認錯人了，聽懂的話就趕快走吧，在我報警以前趕快走。」

「我這把年紀視力可還是2.0啊，那麼漂亮的美人你以為每天都看得到啊？」

呵，善赫不禁失笑，長得漂亮這種時候也是個麻煩。但居然敢講那種話，任誰都看得出來紫熙天生就美得優雅。和她說話的時候，也不只一次發現她擁有豐富的常識，這些事從她的舉止和表情就能立刻感受到。她走路時細長手臂輕輕擺動的樣子，有時看來就像芭蕾舞者般優美。

怎麼看都不像會是在那種地方工作的人。

善赫很擔心一直靜靜坐著的紫熙，她是個容易心軟的女孩子，還會因為心疼在地鐵站入口賣菜瓜布的老奶奶，買了一大袋自己根本不需要的東西。她現在會不會受傷了？面對這突如其來的屈辱，可能連頭都抬不起來了。就在善赫想著這些念頭時，突然傳來拉開椅子的聲音。轉頭一看發現紫熙站了起來，正抬頭挺胸地往這裡走來。

「請問你認識我嗎？」

「認識啊！近看更確定了，妳就是藝理嘛！」

「你這傢伙！」

善赫高喊出聲，但紫熙舉起手制止了他。接著紫熙往前再走一步，離那個男人更靠近了。她抬起下巴，用堅定的聲音向男人再次提問。

「你剛剛說我是誰？」

「嗯？啊？」

男人瞬間驚慌起來，好像沒發現自己正在畏畏縮縮地向後退。他發出混糊不清的咕噥聲，又再次檢視了紫熙的臉。

「名字也不對，而且我以前從來沒見過你耶？」

「嗯，嗯……我好像認錯人了。」

「你這傢伙！一直騷擾別人，到底在幹什麼啊！」

善赫怒氣沖沖地提高音量，就是要讓剛才偷看這裡的所有人都聽見。大家聽到這裡才紛紛回頭，把注意力轉回自己的事情上。

「哎呀，我太失禮了。」

男人一臉驚恐，慌忙逃離咖啡店。

「怎麼怪人這麼多啊。」

善赫氣還沒消，紫熙則在他身後提起包包。

「幹嘛？」

紫熙沒有回答善赫的問題，只是舉起手把頭髮撥到後面。她眉頭深鎖，表情也很凝重。在咖啡廳被人誤會成酒家女，當然不想繼續待在這間店裡。發現自己居然不懂她的心，善赫反而感到抱歉。

「嗯，我們走吧。」

紫熙離開咖啡廳後走得很快，善赫牽住她的手。儘管是炎熱的盛夏，她的手卻很冰。可能是因為店裡的冷氣很涼，又或是被剛才的情況嚇到了。雖然她表現得理直氣壯，但面對一個來找麻煩的中年男子，不可能不害怕。

「妳別太在意。」

「我不在意，只是很丟臉而已。」

「好。」

「善赫你該不會相信那種話吧？」

「什麼話？剛剛說什麼藝理的？當然不信啊，我還不知道我們紫熙嗎？」

「那就好。」

善赫握住紫熙的手，她開始往前走。

「其實剛剛我很害怕。那個大叔感覺精神不太正常……但更可怕的是其他人看我的眼神。不知道是不是真的以為我在酒店上班，感覺都在看不起我……」

善赫覺得紫熙好像太敏感了，但他沒有說出口。因為如果換成是善赫在眾人面前遭受這種屈辱的話，他也不知道自己會是什麼心情。善赫更用力地握緊了紫熙的手，代替回應。

「我自己回去就好，善赫你先走吧，你看起來真的很累。」

「我可以載妳啊，沒那麼嚴重啦。」

雖然嘴上這樣說，但其實善赫剛剛注意力都集中在他口袋裡的手機上。因為裡面有李昇動的地址，在銀波高中校友會辦公室找到的，不敢相信他居然因為剛才的意外暫時忘了這件事。

幸好紫熙搖了搖頭。

「我也想自己散散步，你先走吧。」

「真的沒關係嗎？」

「當然囉。」

「我知道了，那妳快回去吧，有什麼事就打給我，知道嗎？」

「知道了啦。」

紫熙笑著推他的背。

紫熙揮完手之後，就沿著原本的路繼續走了。看著她的背影，善赫深深嘆了一口氣。接著他下定決心，一定要儘快解決這件事，在紫熙面前做個堂堂正正的人。

天才剛亮，善赫便坐上車，發動引擎。他從口袋裡拿出手機，打開昨天在校友會辦公室拍的照片。銀波市珍浦大廈一〇三棟一五〇二號。他在把珍浦大廈設成導航的目的地，踩下油門出發。開到馬路上融入車陣之後，人在開車的善赫腦海裡依舊不停翻攪著各種複雜的念頭。

李昇勳的家人或許還住在這個地方。

假如真是如此，見到他們的話該怎麼介紹自己，還有該從什麼開始說起？

這些他都還沒有決定，也不可能直接問他們是不是盯上三人幫的犯人。但善赫感受到一股強烈的本能，他必須來。總覺得親眼見到就會明白了，只要見到對方看自己的眼神，就能知道他究竟是不是殺人犯。

善赫忽然想起死去的白道振。為什麼他也得死呢？答案只有一個。就是他也是害李昇勳去世的原因之一。如果那天他沒有叫李昇勳跑腿，李昇勳就不會被三人幫逮到，也就不會死了。犯人透過某個善赫不曉得的管道，發現了李昇勳死亡的原因，所以犯人才會決心把所有人都殺了。

那麼還剩下一個疑點。為什麼我還活著呢？善赫心中猜想，他之所以還活著是一個偶然。犯人原本就打算先留下三人幫中的一人，因為李昇勳的屍首還沒有找到。只要把所有相關的人都殺了，留下最後一個，就能威脅他找出真相，而善赫只是偶然間變成那最後一人而已。

該怎麼辦呢？要去找李昇勳的家人，告訴他們實情再道歉嗎？

如果兇手就在李昇勳的家人之中，善赫打算先說出真相。「先」說出真相之後，再乞求原諒。

但對方懷有極深的恨意，連預告殺人都做了，想必不可能輕易了結。聽到真相之後，對方連善赫都想殺了的機率很高，那到時候他也沒辦法了。

善赫伸手靠近自己的左側胸前，摸到衣服裡頭一個硬硬的東西。他會用這把藏著的刀保護自己，不能放棄自己好不容易抓住的生活。

車子不知不覺抵達珍浦大廈，善赫把車停在離一〇三棟最近的地面停車場。他抬頭望向這些住宅大樓，建築看起來頗有年代。到處都有脫落的油漆，顏色也褪去鮮豔。從入口掛的布條看來，這裡似乎正在推動改建。雖然事前有點擔心，但這裡就像常見的老舊大廈一樣，住戶共用的玄關並沒有設置密碼鎖，任何人都可以進出。不過這裡還是有設監視器，善赫從口袋拿出黑色棒球帽，並壓低了帽檐。

他搭上電梯，按了十五樓的按鈕。

狹窄的電梯中混雜著食物氣味，有股酸酸的味道，隱約刺激著鼻腔。濕熱的暑氣使人發悶。雖然能聽見風扇運轉的聲音，但冷氣好像吹不出冷風。幸好電梯沒有停在其他地方，直接抵達十五樓。

善赫在走廊上邊走邊確認門前貼的門牌號碼，發現一五〇二號是倒數第二間。突然感覺心臟一緊，嘴唇發乾，喉嚨也緊繃起來。他伸向門鈴的手指不停顫抖著。按下去之後到底是希望有人回應，還是希望沒有半個人來應門，他自己也不知道。

善赫緊閉雙眼按下門鈴。接著呼出一口氣，一邊慢慢睜開眼睛。門鈴明明響了，卻沒有聽見任何動靜。他把耳朵緊貼在門上，還是一樣什麼都沒聽見。再按了一次門鈴，這次按得更長，手也不抖了。他甚至暫停呼吸仔細地聽，但家裡好像都沒有人。

該怎麼辦才好呢？要留下紙條嗎？還是明天再來呢？

善赫一邊思考一邊回頭，瞬間他的心臟簡直嚇到跳了出來。他面前站著兩個面熟的男人，是上次找過他的兩位刑警。其中一個上次自我介紹說叫做江次烈，他開口問：

「請問為什麼會來李昇動先生的家呢？」

於是善赫在警方要求下直接來到警察局。善赫獨自開著自己的車前往，而他後面跟著江次烈的車，想必路上也在持續監視著他。因為沒有到案通知書，雖然也可以拒絕同行，但善赫沒有那樣做。除了不想被懷疑之外，江次烈的那張臉也彷彿在說不管有多麻煩，就算得聲請拘票，也非逮捕他不可。

「請問為什麼會來李昇勳先生的家呢？」

江次烈說話的表情說明，他已經知道三人幫的過去和李昇勳的失蹤有關。

既然善赫親自去了李昇勳的家，等於直接證明了他們有關。到了警局之後該怎麼說明這一切，善赫毫無頭緒。

或許李昇勳失蹤案會因為這次契機重啟調查。他自己一定會受到嚴密的調查，而李昇勳失蹤的露營地附近也會大規模搜索。那麼就算是只有三人幫知道的地方，也不可能不被警方查到。因為小時候天真地以為那裡只有三人幫才知道，但過了九年之後，現在的搜查不可能像當年那麼簡單。

那天，他們把死去的李昇勳拖到山洞附近的地裡埋了。懸崖邊的那個山洞是他們三人的祕密基地。因為懸崖邊都是樹林，那個地方很不起眼。他還記得他們找到那裡的時候，笑鬧著說找到了一個最適合抽菸的地方。露營地後面房子的牆上，有個放了許多掃把和工具的空間，剛好有鐵鍬。畢鎮把它拿來挖土，善赫在旁邊幫忙。元泰在一旁抽菸，等土坑挖得差不多了，就用腳把李昇勳推下去。李昇勳就像軟弱無力被屠宰的動物一般，滾進洞裡，然後他們一起把土蓋在上面。

九年前當然也進行了大規模的搜索，但那裡沒有路，所以沒被找到。或許是因為表面上都是樹林，所以不會料想會埋在那種地方。懸崖邊也很危險，善赫慶幸至少沒有人看到，就算屍體被發現了，也沒有證據證明人是三人幫殺的。

但果真如此嗎？真的沒有證據嗎？

那時的他們還很年輕，遠比現在還要漫不經心。元泰那時有抽菸，他的菸蒂丟到哪了？挖完土坑再埋起來的時候，畢鎮或他自己有沒有掉了什麼證物？聽說如果有打鬥，被害人身上也會留下證據，當時好像完全沒想到這種事情。

有人來敲他的車窗，把善赫嚇了好大一跳。抬頭一看，原來他已經在警局的停車場停好車了。敲窗戶的人是江次烈，他用一種不下車在做什麼的眼神看著善赫。善赫慌忙開門下車。

「我剛剛在想事情。」

說完的瞬間他馬上後悔了，可能不該說這話的。搞不好會被發現他正在思考到了警局要說的藉口，所以才會恍神。幸好江次烈什麼都沒說，率先轉身走在前方，善赫則靜靜跟在後面。善赫後方也有人，原來是跟江次烈一起的那位刑警正走過來。他們似乎是刻意一前一後，簡直像在押送犯人一樣。

善赫被請進調查室。房間非常狹窄，只有一張書桌，再放了幾張椅子。江次烈坐到桌前，指著他對面的椅子。現在要接受調查了，善赫舔了舔他乾燥的嘴唇，做好心理準備。江次烈打開筆電，另一位刑警走出調查室。

江次烈好長一段時間都沒有說話，只一味盯著筆電。一陣安靜來襲，善赫的心臟越來越緊，連呼吸都不太順暢，他不自覺率先開了口：

「為什麼讓我……」

「您認識白道振先生吧？」

冷不防打斷他的話，又丟來一個出人意料的問題，讓善赫的腦袋彷彿被大力擊中。他吸了一口氣，一定要冷靜。他拚命釐清思緒，白道振的的屍體被發現了。

但這是怎麼牽扯到自己身上的呢？雖然指紋都擦了，但可能留下什麼痕跡也說不定。也可能是有監視器，善赫忽然想起一樓的健康食品賣場。

「昨天有去找白道振先生對吧？」

彷彿在暗示他不要有無謂的愚蠢算計，江次烈刑警把筆電轉了過來，給善赫看螢幕。畫面是善赫從辦公室樓梯走下人行道的樣子，被拍到了。雖然是靜止的照片，但可以強烈感受到照片中人物的慌張，也可能是因為身歷其境的是他本人吧。

總之，可以確定的是說謊沒有用。

「對，我去了。」

「是為了什麼事去找他呢？」

「我朋友……叫我查一點事情。」

「朋友？是什麼朋友，叫您查什麼事呢？」

表面看不出來，但善赫緊咬著嘴唇內側。他得打起精神才行，反正死人是不會說話的。

「其實，您知道上次去世的許畢鎮吧？是畢鎮跟我說的。說如果他出了什麼事，就叫我去找在銀波高中校友會辦公室工作的白道振，那就會知道犯人是誰了。」

「許畢鎮先生說過那種話？」

「是。」

「那為什麼沒有跟我們警察這邊透露呢？」

「畢鎮拜託我的。他說因為跟白道振有關，所以萬一他死了，就叫我先去找白道振……」

謊言就像雪球，越滾越大。他情急之下捏造的謊言漏洞百出，但他停不下來。每當這種時刻，善赫就會想起紫熙。他夢想中的生活有她。那個夢不能被破壞，也絕對不會被放棄。他有他要守護的生活。

江次烈果然一臉不相信的表情。

「所以您跟白道振先生見面了？」

「見了。」

「那時白道振還活著嗎？」

善赫雙眼圓睜地看向江次烈。雖然想裝出驚訝的表情，但江次烈的神色沒有半分動搖，直勾勾地凝視著他。

「當然啊！他還有跟我說話。」

「你們說了什麼？」

需要盤算一下。兇手明確預告要殺三人幫，然後殺了三個人。雖然其中一人不是三人幫成員，但至少三這個數字是達到了。

「他和畢鎮本來就認識。九年前，白道振他們學校有來越善露營。」

江次烈沒有做出任何回應，眉間緊蹙。

「聽說那時候他晚上有帶著畢鎮和元泰偷偷跑出去，不過……」

那個叫李昇勳的學生獨自偷溜出來，遇到白道振。而白道振本來就品行不良，所以開始找李昇動麻煩，搶他的錢，接著兩邊起了爭執，結果元泰不小心殺死了李昇動。善赫說的內容全都基於事實。只是把自己撇除在外，再把白道振加了進去而已，重新回想也覺得這一切都沒什麼問題。

「殺死了嗎？」

江次烈把善赫說的內容輸進電腦，隔著筆電螢幕的目光森然。

「然後呢？」

「因為事情太突然，他們很害怕，所以聽說就把那個人埋進土裡了。」

「您知道確切位置在哪裡嗎？」

善赫搖搖頭。

「這我沒有聽說。」

不能被警察找到屍體，他不敢保證那裡沒有留下任何有關自己的證據。

「然後呢？」

「什麼？」

「您不是說去找他？然後怎麼樣了？」

「就……」

善赫的腦袋轉得飛快。

「我告訴他元泰和畢鎮被殺的事，還有那些紙條的內容。」

「白道振說什麼？」

「他問我能不能暫時待在我家，說下一個目標可能是他。」

「報警不就好了嗎？」

「他說如果九年前自己做的事被翻出來，可能會失去家人，他好像很在乎他的家人。」

「所以您是怎麼回他的？」

「我說我要考慮一下，雖然我一個人住，但讓一個不認識的人隨便進來也有點……」

「所以您才拒絕警察的安全保護嗎？因為白道振已經死了，所以應該就不危險了？」

「是啊，嗯。」

「不對，我搞錯了。」

聽到江次烈的話，善赫不禁瞪大了眼，江次烈笑著搖了搖頭。

「仔細一想，我們說要提供您個人安全保護是在白道振死亡之前，我搞錯了。」

江次烈的眼神越發銳利。

「吳善赫先生，您也搞錯了嗎？」

雖然江次烈的嘴巴閉了起來，看起來卻好像在笑，善赫背上一陣涼意。

「對啊，嗯……」

善赫如此回答的時候，清楚看見江次烈勾起一邊嘴角笑了。

「那我們釐清一下，吳善赫先生您去找白道振的時候，白道振是還活著的狀態對吧？」

「對，沒錯。」

「然後他說了九年前的事情。」

「對。」

「李昇勳的地址也是白道振給你的。」

「對。」

「那你去那個地址是想要做什麼呢？」

「我想搞清楚兇手到底是不是那個人的家人，我也不知道該怎麼辦才對，但就決定先上門看看了，是真的。」

「原來如此，那我再問一個問題。你剛剛說去找白道振的時候，他還活著。」

「……」

「那拿到地址從辦公室出來的時候，白道振還活著嗎？」

「現在這是什麼意思？」

善赫猛地站了起來，他坐著的鐵椅往後倒去，發出巨大聲響。雖然是因為驚慌才站起來，但在這情況下做出如此反應也很合理。

「你現在是說我……是我殺了白道振的意思嗎？我去殺一個從來沒見過的人？」

江次烈眨眨眼睛，接著側頭盯著善赫。

「那為什麼現場完全沒有發現你的指紋呢？」

善赫覺得呼吸困難，當然沒有指紋，因為被他擦掉了。失算了，他一心想著白道振死亡的現場絕不能留下自己的痕跡，被發現就糟了。那時的他自然不知道隔天會在警局被要求說明，但這些事實都不能透露。

「應該被兇手擦掉了吧。」

「是嗎？兇手應該是把自己碰到的地方都擦過了。但你摸過的地方和兇手摸過的地方恰巧完全一致，才導致全部的指紋都消失，你自己聽起來不覺得太牽強嗎？」

江次烈從座位起身。

「吳善赫，你涉嫌殺害白道振，我們現在要依法拘提。拘票核下來之前你會先被拘留在警局。」

善赫沉思片刻。冷靜點，一定有可以脫身的漏洞。一個念頭突然閃過他的腦海。

「那天，我從白道振的辦公室出來以後，還跟我女朋友見面了。誰殺了人之後還可以像沒事一樣跟女友見面？」

江次烈想了一下，把便條紙和筆遞給善赫。

「麻煩寫下她的姓名和電話。」

真的打算叫紫熙來嗎？雖然善赫十分煩躁，卻也不能不寫。紫熙一定會說出對自己有利的證詞。

回想那天的情況，善赫覺得自己表現出來的態度應該也不會讓她起疑。

潦草寫下姓名和電話號碼交出去之後，善赫說：

「不是我。」

「我知道。」

善赫因為這意料之外的答案看向江次烈。

「那天進去校友會辦公室的人不只你一人。還有一個臉全部遮住的男人被監視器拍到了，你是在他之後進去的。吳善赫先生，你進去辦公室的時候，白道振應該已經死了吧？」

善赫什麼話都說不出來。

「但為什麼要把自己的痕跡擦掉，又要謊稱當時白道振還活著呢？」

「……」

「雖然你說三人幫是包含白道振在內的三人，但我們並不這麼想。三人幫是高元泰、許畢鎮和吳善赫才對。所以下一個目標應該就是你了。我們想要保護你。你之前一直拒絕個人保護，不過在拘票核發前的這四十八小時內，我們會保護你。」

江次烈從筆電旁的手冊裡，拿出一個被塑膠袋包起來的東西給善赫看，善赫癱軟無力地看向袋中紙條的字。

多了一個。

「是，沒錯，我那天有跟善赫見面。」

坐在面前的李紫熙依然用不敢置信的表情回話。白道振死的那天，吳善赫跟李紫熙曾經相約見面，目前正在做筆錄確認這件事。李紫熙問警察為何要確認善赫的行蹤，因為男朋友的事突然被叫到警察局來，沒有人會不慌張的。不過目前還無法回答李紫熙的問題，只得用調查中案件無可奉告來應付，她只好繼續帶著疑惑回答。

「從幾點到幾點見的面呢？」

「那天晚上九點多見的，十點多就分開了。這很重要嗎？」

「依情況而定吧。」

為了避免她提出太長的問題，次烈儘量只用簡答，並在筆電上敲下紫熙的陳述。

「那他還有其他跟平常不一樣的地方嗎？」

「不一樣的地方……」

李紫熙垂下眼，彷彿在回想那天的事。她的眼神瞬間掠過一絲不尋常的光，而次烈沒有錯過。見她神色有異，次烈開口詢問：

「有發生什麼事嗎？」

被問了第二次之後，她搖搖頭。但次烈立刻發現她在說謊，雖然不知道是什麼事情，但她或許認為自己說的話會對男友吳善赫不利，次烈判斷照這樣下去很難讓李紫熙開口。他身體前傾，雙手交扣，做了一個決定。次烈闔上隔在兩人之間的筆電，壓低聲音說：

「雖然不能告訴妳詳情，但這和吳善赫先生的性命有關。」

李紫熙睜大眼睛，眼皮顫抖著。她細緻的嘴唇微微張開，看得出來雙手正下意識地緊抓褲子。

「是什麼事……」

「請妳千萬不能跟別人說。」

李紫熙吞嚥口水，點點頭。

「我們還沒讓媒體知道，不過前陣子發生了連續殺人案。兇手是鎖定目標，已經有三位和吳善赫有關的人死亡了，我們警方認為下一個目標就是吳善赫。但吳善赫不願意配合，因為九年前似乎有個事件和他有關，他一直三緘其口。弄不好的話吳善赫也會有危險，所以麻煩妳協助我們。拜託請照實說，那天吳善赫有沒有說什麼其他的話？或者跟平常舉止不同之類的。」

李紫熙臉色蒼白，她吃力地把自己抖個不停的手按在額頭上。猝不及防地聽到這些事，想必非常驚慌。

次烈耐心地等待她開口說話。

「他沒有說什麼，只有……」

「小事也請告訴我們。」

她彷彿下定決心般又點了點頭，直直盯著次烈。

「他問我不管他做了什麼，是不是都會站在他那邊。」

果然如此，江次烈心想，他認為九年前李昇勳的失蹤和吳善赫有關。他現在還很猶疑不定，如果要守住自己的性命，就得把自己九年前做的事告訴警察。但吳善赫心裡有個檻過不去，他有心愛的女人。

那正是眼前這個人，次烈一邊這麼想，一邊看向李紫熙。

「妳是怎麼回答的？」

「我開玩笑說殺人、放火、詐欺、強姦，這些不行，其他可以，我沒有想到善赫真的有發生事。」

她的回答成了一個分水嶺。吳善赫寧可失去性命，也選擇不讓自己犯下的罪被公諸於世。因為他不能在李紫熙面前吐露的過去，就包含在那四個答案之中。

「善赫做了什麼？」

「沒有，目前什麼事都還沒有確認。」

李紫熙的表情很混亂，沒辦法完全相信警察說什麼事都還沒確認，次烈的問題就到這裡為止。那天吳善赫的確出入過白道振的辦公室，而且為了製造不在場證明，還像平常一樣跟李紫熙約會，結果被女友看到了他動搖的樣子，這樣推測似乎是最合理的劇情。次烈再次確認吳善赫不是殺死白道振的兇手，現在是時候找到那個遮住臉的人了。

「我可以去見一下善赫再走嗎？」

李紫熙的表情楚楚可憐，次烈很想答應她。從警察口中聽到這麼嚴重的事，她不可能不見吳善赫，就這樣直接回家，但會面是違反規定的。

「很抱歉，規定是不行。」

雖然沒有哭出來，但她緊緊咬著下唇，看來正極力忍耐著即將爆發的不安。

「那善赫什麼時候可以出來？」

「如果確定沒有任何嫌疑，就可以馬上出來。」

但那樣可能會更危險，他本想補上這句話，但沒有說出口。李紫熙無力地站起來，又環視了辦公室一圈，彷彿在尋找吳善赫的痕跡，接著便走出房間。她靜悄悄地關上門，聲音小得幾乎聽不見。

「超漂亮的美女耶。」

崔仁旭走到江次烈的桌邊，吐著舌頭說道。江次烈瞥了李紫熙離去的門口，沒什麼興趣地回：

「是嗎？」

在江次烈眼中，她不過是個二十幾歲，普通的關係人而已。面對次烈平淡的反應，崔仁旭皺著眉頭回他：

「學長，你的眼睛還好嗎？」

「我視力還不錯啊？」

「為了以防萬一，還是去檢查一下吧。如果眼睛沒問題，怎麼可能看到那種美女會是這種反應！」

「在那邊大呼小叫。」

坐在後面的宋蘭熹刑警撇著嘴說，她拿著手上的原子筆在半空中比劃：

「內眼角、外眼角都開了，連下巴也削了啊！看來有遇到神醫啊。」

「妳怎麼知道？」

「至少比你這種一看到女生長得有點漂亮就傻笑的人懂啊。」

他們兩個好像會吵很久，江次烈把椅子轉向，背對他們。雖然辦公室裡還在吵吵鬧鬧，但次烈還是打開筆電，準備把剛剛的筆錄收尾。宋蘭熹警官和崔仁旭是同期的，年紀也一樣，所以他們兩個互相不說敬語。宋蘭熹平時就很常反駁崔仁旭，也經常開他玩笑，但今天宋蘭熙好像特別不爽。從她對關係人的臉指手畫腳，高聲評論這點看來，她好像不是開玩笑，而是真的在生氣。

一定是因為崔仁旭讚嘆李紫熙外表的關係，次烈平常也覺得，宋蘭熹好像對崔仁旭有意思。不是單純的友誼，而是對他有戀愛的好感，但崔仁旭好像完全不知情。雖然平常崔仁旭老是嫌棄次烈不會察言觀色，但這時候次烈真的很想把這句話送還給他。

「啊！」

江次烈一出聲，爭執中的兩人就像被按下暫停鍵的電影畫面一樣瞬間停住。

「崔警官，你查到白道振和李昇勳的關係了嗎？」

不像吳善赫說的，白道振出生以來就一直住在銀波市，他和三人幫產生關聯的機率很低，所以次烈讓仁旭去調查白道振與李昇勳的關係。因為必須搞清楚，兇手是否有理由為了李昇勳而對白道振懷抱恨意。

「根據校友會辦公室的紀錄，他們兩個雖然同班，但我有跟一個叫崔民俊的人通電話確認過，雖然他跟李昇勳不熟，但他說大家都很清楚白道振和李昇勳的關係。」

「什麼關係？」

「主僕關係。」

明明是自己說的，但崔仁旭似乎也覺得無言，呵地笑了出來。

「李昇勳失蹤的那天，聽說白道振也有讓他去跑腿。雖然崔民俊沒跟他們同個房間，不是親眼所見，但他說這件事之後都傳遍了。我問他為什麼失蹤案時沒有告訴警察，他說因為不想平白被牽扯進去。好像也擔心會被白道振報復，他說其他人應該也是這樣想的。」

江次烈一時忘了閉上他微張的嘴。九年前的這件事，他還沒查到。

「多了一個。」

那表示犯人也是現在才知道這些事。但犯人究竟是從哪裡得知那天的事，次烈卻無從推測。

「崔警官，李炳春的出勤紀錄有了嗎？」

崔仁旭立刻回到自己書桌，拿了一張文件過來。

Ａ４紙上寫了短短幾行字：

「他應該不是時常搬遷的人，因為從年輕到現在，他只在三個地方工作過。最後一個工作的地方是瑞源大廈，他在那邊當警衛。」

「走吧。」

「好。」

次烈一站起來，崔仁旭立刻跟上。而宋蘭熹在崔仁旭背後吐著舌頭露出失望的神色，他們兩人都沒發現。

瑞源大廈離李炳春家的車程大概二十分鐘，李炳春在那裡工作了兩年。而根據紀錄，李炳春離職的時間是三個月前，殺人案是在那之後發生的。

雖然查出李炳春目前位置也很重要，但更重要的是要找出他和這個事件有關——更確切地說是「他就是犯人」的證據。因為要有證據，才能聲請拘票和搜索票。

崔仁旭已經先告知管理室他們會前去拜訪，所以兩人一到，立刻被請去管理室主任的辦公室。管理室主任是一位男性，他梳著整齊的油頭，西裝筆挺。比起管理室主任，反而更給人一種公務員的感覺。他請兩人坐在待客用的茶几前。不久後，穿著短袖襯衫搭配工裝褲的男職員端著三杯冰咖啡進來。正好喉嚨很乾，江次烈道謝後馬上喝了一口，說：

「您應該很忙才對，感謝您願意協助我們。」

「不會，你們都是為國家服務，當然要協助。」

次烈從口袋中掏出手冊，把夾在裡面的一張照片推向對方，那是李炳春的照片。

「請問李炳春在這裡工作到什麼時候呢？」

管理室主任瞥了一眼照片，並沒有仔細檢視。這表示他們的確曾一起工作，不用看太仔細，也認得出來照片上的就是李炳春。

「大概有三、四個月了吧，他突然說要辭職，我們也很訝異。沒有像他那麼認真誠實的人啦！住戶們也很常稱讚他，是個很優秀的員工。」

「他為什麼要辭職呢？」

崔仁旭問。管理室主任把視線轉向他，搖了搖頭。

「我們也一直不知道，如果是對薪水不滿意，我也有跟他說等到最低薪資調漲的時候，會再幫他漲一點，但他沒有說為什麼要辭職，總之好像已經很明確決定要辭職了。」

「跟他一起工作的其他同事有沒有聽說什麼事呢？」

「不確定耶，也是有可能。」

管理室主任把頭轉向提問的江次烈。

「那我們可以見一下和他一起工作的同事嗎？」

「剛好今天跟他同一組的組員都有上班，我會請跟他共事最久的同事過來。」

「還有一件事。」

「請說。」

「我聽說警衛有在記錄工作日誌，是嗎？」

「對，有的。」

「是手寫嗎？」

「目前還是用手寫，不管電腦多發達，對上了年紀的人來說，打字還是比較困難，暫時還是請他們手寫記錄。」

「那我想要看一下李炳春先生寫的日誌，不限日期都可以。」

「我請他們找出來。」

管理室主任起身走到書桌，拿起螢幕旁的白色對講機跟某個人說話。崔仁旭壓低聲音問江次烈：「學長是要確認字跡嗎？」

崔仁旭反應很快，雖然另一方面好像滿遲鈍的。次烈這樣想著，一邊點頭回應。

「要聲請拘票就要有證據，以現在來說，沒有證據可以證明九年前的李昇勳失蹤案，和現在連續殺人案兇手提到的是同一個事件。如果他的字跡跟遺體上用來威脅的紙條一樣的話，那就是證據了。」

「拘票下來的話，就要逮捕李炳春嗎？」

次烈點點頭。

「也要聲請搜索票，去他家徹底搜一遍，應該會找到一點東西。」

「希望吳善赫到時候還平安。」

次烈也是一樣的心情，但他並沒有回答。

等了十分鐘左右，幾聲敲門聲響起，門開了，一個非常矮小的老人走了進來。他的體型豐滿，肩膀有些微彎，白頭髮很多，似乎沒有染髮的樣子。他圓圓的臉上掛著淡淡的微笑，整體給人一種慈祥老爺爺的印象。

「聽說你們要問李炳春的事情……」

「請坐這邊。」

管理室主任坐在書桌前，很注意他們這邊。警衛老先生入座的同時，次烈和仁旭也跟著起身又坐下。

「天氣這麼熱，您辛苦了，不好意思要麻煩您。」

「哪裡，還可以趁機吹吹冷氣，很好啊。」

看來警衛室裡沒有冷氣。管理室主任坐在位置上乾咳了幾聲，但沒有任何人回頭。

「不過李炳春是怎麼了……？」

「不是什麼大事。我們只是有事情要跟李炳春先生確認，但不知道他現在人在哪裡？人好像也不在家。」

這時不能說他是連續殺人案的嫌犯。

「是嗎？辭職的時候也是突然就辭了。」

「他還有說過別的事嗎？我們在想他有沒有跟同事透露什麼。」

江次烈問完，警衛便搖搖頭。

「哎喲，要是有說的話，我們也不會這麼在意了啊，他就只說有事情而已，不肯說是什麼事情。能遇到那麼會做事、人又好、個性又合的人，是我的福氣啊。雖然想挽留他，但他一直那樣講，我想說他家裡真的有什麼說不出口的事情吧，也沒辦法。」

「他都不會講家裡的事嗎？」

「聽說他有一個女兒，但好像沒有一起住，他老婆好像因為生病去世了。」

「他有說過女兒的事嗎？」崔仁旭問道。

警衛稍微想了一下，但這次依然沒有給出明快的答案。

「他這個人本來就不太會說自己的事情……他有女兒的事也是別人問，我才聽到的，不是他自己先說的。感覺他不太想講女兒的事，好像也沒有來往。他這人本來就很乾淨，穿的衣服也不錯，但看他帶的便當就知道了嘛，一看就知道是女人做的還是男人做的。」

「您看過他講電話嗎？」

江次烈問。因為他不認為這次事件是單獨犯案，死去的白道振屍體上雖然留有打鬥的痕跡，但高元泰、許畢鎮身上卻沒有，只有搬動屍體的痕跡。高元泰死亡後，屍體被搬到停車場的車輛上面。許畢鎮頸部被刺身亡後，被搬到門前吊了起來。許畢鎮的情況雖然不是遠距離，但高元泰則不同。雖然不知道高元泰是在哪裡死的，但經過搜查，可以確定不是在停車場附近喪命。因為完全沒有留下任何血跡，無論是高齡的李炳春，還是他的女兒李昇珠，都不可能獨自犯案。但兩個人合作的話，問題就不一樣了。

警衛嗯地沉吟了一會。

「這麼一說，我是有一次看過他接電話。雖然不知道是跟誰通電話，但我記得很清楚。因為平常完全不會有人打電話給他，而且他好像也跟子女沒有聯絡了。但我的確看過他接電話，就那麼一次。」

「您有聽到對話內容嗎？」

江次烈的身體不自覺地往前靠，但警衛卻搖搖頭。

「沒有，我沒聽到，但他的表情看起來不是很好。啊，還有好像就是接到那個電話之後吧，他就提離職了。」

江次烈的表情變得凝重起來。

「您有拿李炳春寫的工作日誌來嗎？」

「啊，當然有啊。」

警衛拿出放在自己沙發座位旁的黑色檔案夾，江次烈接過來打開。一天寫著李炳春的名字，另外一天則寫著「都仁鐵」，或許是眼前警衛先生的名字。

翻開李炳春記錄的那天，江次烈便停下動作。

不管誰來看，都會認為一模一樣，那正是連續殺人犯留在威脅紙條上的字跡。

「多了一個。」

看見這句話時，善赫渾身都起了冷顫，幸好沒有當場跪下來。殺死白道振的人，和殺了畢鎮和元泰的人，很明顯是同一人。那個想替九年前的男學生報仇的人發現了，除了實際殺死那個男生的三人幫之外，還有另一個將男學生逼入絕境的人。警察似乎不知道這代表什麼，但善赫明白就是這個意思。

重要的是，兇手究竟是怎麼知道的。

善赫認為他不是一開始就知道的，如果是的話，就不會在預告殺人的紙條上只提及三人幫，也不會再留下「多了一個」的紙條。

他是怎麼知道的呢？如果兇手知道了，那警察要查到也只是時間問題而已。

善赫獨自坐在調查室內，死命咬著下唇。他幾乎快喘不過氣。到底查到多少了呢？如果已經掌握案件的全貌，那找出九年前那少年的屍體對警察而言或許也並非難事。雖然九年前沒有找到，但既然不是失蹤而是殺人案，又能確定犯人是誰，一旦重啟調查就另當別論了。同學之中應該有幾個人知道三人幫的祕密基地，因為元泰偶爾會拉他的朋友去。如果他們到那附近搜索……善赫用力閉上眼，想到他犯下的罪終究會東窗事發，就覺得一陣暈眩。閉眼之後，他想起了紫熙。紫熙會有多失望呢？不，不只是失望而已，她的對象是殺人犯。不會有人把殺人犯當成戀愛對象。這次一定會分手，沒辦法再見到紫熙了。

善赫非常後悔把紫熙的電話寫給警察。接到警察的電話，紫熙一定嚇壞了吧？

她現在在想什麼呢？他真的好想早點離開這裡見到紫熙。不過，外面有個殺人魔正盯著他。

善赫的背脊流過一陣寒意，他大口吐氣，想穩住自己不安的心跳。他想從這裡出去的意志非常強烈，就算會有生命危險，他也得跟那個殺人魔見面，然後請求對方原諒，「求求你！」他必須向對方乞求留自己一命。他想，只要跟對方說真正動手的人是元泰，或許自己能得到原諒。「我得出去！」這才是唯一的活路。

善赫從座位猛地站起來，然後迅速衝向門口，門當然是鎖住的，他大力敲門。

「江次烈警官！我有話想說！警官！」

沒有聽到任何人過來的聲音。善赫急忙回頭，檢查起天花板。右邊的角落掛著看起來像監視器鏡頭的東西，善赫朝著它拚命揮動雙手，跳上跳下，可能有人正看著他也說不定。

「不是我，真的不是我。請放我出去！」

十多分鐘後，門開了。但並不是因為善赫大喊大叫，只是因為在拘票核發前，緊急拘提的四十八小時已經過了。善赫雖然在找江次烈警官，但聽說他現在不在警局。至於江次烈警官到底在哪裡做什麼？也沒有人告訴善赫。

善赫一離開警局，就打電話給紫熙。警察一定已經向紫熙問過她那天的行蹤，不曉得她是不是嚇壞了？善赫一方面很是擔心，另一方面也在心底好奇紫熙會說些什麼。

彷彿在等著他打過去一樣，才響一聲，紫熙就馬上接起電話。

「善赫！」

「紫熙。」

一聽見她的聲音，喊了她的名字之後，善赫就莫名安心地嘆了一口氣。

「你在哪裡？」

那滿是擔憂的語氣，說明了她知道善赫被拘留在警局。

「妳很擔心吧？對不起，詳細情況我們見面說吧。」

善赫前往紫熙家附近，兩人約在他們偶爾會相約的咖啡廳見面。善赫一走進去，就見到坐在角落桌子的紫熙跳了起來。她可能急著出門，把頭髮緊緊綁成馬尾，臉上沒有化妝。雖然這副模樣反而更自然、更漂亮，但紫熙的臉上充滿擔憂。桌上什麼都沒有，看來她連點咖啡的精神都沒有了。善赫走到座位，紫熙便一把抓住他的手。

「你還好嗎？身體呢？」

紫熙四處檢查善赫的身體，那副模樣讓善赫心底的角落又刺痛起來。他再次下定決心，唯獨不能讓紫熙看見自己任何醜陋的一面，意志更加堅定了。善赫笑著拍拍紫熙的手臂。

「我們先點餐吧？」

他用眼神示意櫃台的方向，紫熙才恍然大悟，雙唇微張地會過意來。站在櫃台的店員正直直看向他們這桌，沒有點餐的客人當然不歡迎。

「你坐。我去點餐，你喝咖啡可以吧？」

「嗯。」

善赫入座，紫熙走向櫃台。雖然簡直就像對待剛從急診室出來的人一樣，不過善赫不久之前還關在警局。想到這裡，善赫心裡一沉。

「到底發生什麼事了？」

點完餐後回來的紫熙，一坐下便情急地問道。雖然這樣問理所當然，但善赫已經決定，無論是九年前的事件，還是有關三人幫的事，他都不會告訴紫熙。

「警察說了什麼？」

善赫反問回去。正在等待回應的時候，紫熙卻直直盯著善赫。

「這，很重要嗎？對你來說？」

「嗯？」

「到底是什麼事啊？我以為你會跟我說是警察誤會什麼了。但你第一句就問我警察說什麼？善赫，發生什麼事了？」

紫熙的表情更凝重了，善赫暗叫不妙。

沒想到她會那樣想。雖然不能講得太詳細，但善赫的預感告訴他，也不能完全不提。

「這件事不用那麼擔心啦，只不過……」

說到這裡的時候，紫熙手上的取餐叫號器響了起來。紫熙看著叫號器，又看向善赫的臉，最後輕輕搖搖頭，準備起身去拿。

「我去拿。」

善赫從紫熙手中拿走叫號器，走向櫃台。對他而言，現在也需要時間在腦中好好整理一下。

把叫號器還給櫃台，拿到咖啡端著托盤回來時，善赫已經決定好要說什麼了。他在椅子上坐下，把咖啡放到紫熙面前，接著直直望向紫熙的雙眼。如果善赫說謊，紫熙平常都能很快察覺，因為她說善赫說謊時的視線會游移不定。如果他們現在四目相對，應該能讓紫熙更相信他才對。

「真的沒什麼。那天我跟妳見面之前，有去一個認識的人的辦公室，但那個人好像被發現身亡了。然後辦公室的監視器有拍到我，而且辦公室裡面也有我的指紋，所以我好像就被列在嫌疑人名單裡面了。」

這些不完全是謊言。死去的白道振的確是他認識的人，而他被列在嫌疑人名單也是事實。他的眼神沒有動搖，故事的前後也對得上，所以紫熙似乎被說服了。

「那你跟那個案件完全沒有關係吧？」

「當然囉。」

回答的同時，他舉起杯子喝了一口咖啡，並把視線自然地往下移，這樣就不會跟紫熙對上眼了。

「那現在換妳說啦，警察問妳什麼？」

「他們問我那天是從幾點到幾點跟你待在一起，還有問你跟平常有沒有什麼不一樣。」

「那妳怎麼回的？」

「我就照實說啊，說我們是晚上九點見面……」

「不是，我是說跟平常有沒有不一樣。」

紫熙盯著善赫，她眼裡的光稍稍黯淡了一些，他可能有點太急著打斷紫熙了。但現在不要多做辯解可能比較好。善赫凝視著那雙眼睛，靜靜等待，紫熙接著說了下去：

「是沒什麼不一樣……但那天你不是有問我嗎？」

好像有說什麼。一想到這，善赫便全身僵硬起來，他迅速把那天的事在腦海裡回想了一輪。首先是毫無預警地發現白道振的屍體，他自然無法保持冷靜，接著急忙確認了李昇勳的地址，又慌慌張張地擦掉自己留下的痕跡。在這種情況下和紫熙見面，他根本想不起來自己是用什麼狀態面對她，或和她說了些什麼。途中還有個喝醉的男人跑來鬧事，更讓他心神不寧。善赫唯一清楚記得的只有一件事，該不會，紫熙和警察說了吧？他皮膚的溫度似乎又忽然下降了許多。

見善赫沒有回應，紫熙似乎以為他沒記起來，便繼續說道：

「你不是問我，不管你做了什麼，我是不是都願意理解你嗎？我記得你有這樣問……」

「那警察說什麼?」

善赫不自覺提高了聲音，紫熙的身體稍稍後退了一些。雖然善赫知道自己的眼神很冰冷，但現在沒辦法管那麼多了，紫熙用顫抖的嗓音回答：

「我不該說嗎?警察沒有特別說什麼。」

「我知道了。」

善赫避開紫熙的視線，又喝了一口咖啡，然後忽地從座位上站起來。

「抱歉，我載妳回去，今天就先到這吧，我累了。」

在紫熙回答「好」之前，善赫已經拿起兩個咖啡杯，走過去放在櫃台。雖然紫熙看起來有些慌張，但並沒有要拒絕善赫的意思。等他回到座位，紫熙便點點頭，率先走出咖啡廳。

「我自己回去，你累了就先走吧。」

「我載妳。」

「沒關係，真的沒關係。」

「這樣我不好意思耶。那我們下禮拜露營改成釣魚怎麼樣?妳不是說想跟跟看嗎。」

「好啊。」

「紫熙。」

善赫拉住正要轉身的紫熙。

「妳相信我吧？」

紫熙瞬間睜大眼睛看著他，接著又垂下眼眸。

「你在說什麼?當然啊。」

紫熙看向善赫抓住她手腕的手，把另一隻手蓋在上面。她猶豫了一會，然後正面迎上善赫的視線。

「那時沒有好好回答，我現在再回答一次。」

善赫用訝異的目光看著紫熙。

「不管發生什麼事，我都相信善赫。而且我會保護你。不過……」

她深吸了一口氣。

「只限於你對我誠實的時候，只要你對我誠實，我就相信你。」

那句話就是無論發生什麼，都不會離開善赫身邊的意思。瞬間，善赫有股想要說出一切的衝動——

無論是九年前的事件、白道振的事，或是連續殺人案。但他不能那樣做，雖然善赫一直都相信紫熙，但這次不能說。不管理由是什麼，如果他協助殺人棄屍的事實被紫熙知道了，難保紫熙對他的心意不會變。萬一他被關進監獄，紫熙就會頭也不回地離去。

「我當然會一直對妳誠實啊。」

善赫沒發現自己連紫熙的眼睛都不敢看。

打開自己家門的時候，善赫感覺自己好像從很遠的地方歸來的旅人。好像很久沒回來了，善赫一邊想著，一邊準備踏進家門，卻瞬間停下了腳步。善赫忽然喘不過氣，心臟彷彿瞬間凝結，冷汗沿著他的背脊流下。他站在原地把家裡掃視了一遍，想確認和自己離開之前有沒有任何不同，感覺殺人魔好像就在這裡等他回來。善赫把門開著，輕手輕腳地把腳伸進房裡。

這時突然有人抓住他的肩膀。

「呃啊啊啊啊！」

事情發生得太過突然，善赫放聲大叫，不停掙扎扭動。他失去重心，整個人滾到客廳裡面。不過他還是瞬間保護住頭部，感覺殺人魔下一刻就要用鈍器砸向自己。

「吳善赫！」

這個呼喊自己的聲音聽起來非常熟悉。對方抓著善赫的衣領，把跌在客廳的善赫拉了起來，力量非常大。善赫眼前站著那位刑警——江次烈。

「這、這是在幹什麼？嚇我一跳。把人關著，自己又不知道跑去哪裡……」

「吳善赫！」

江次烈警官再喊了一次善赫的名字，用力搖晃他的衣領。善赫看向江次烈靠近的臉，臉上的表情非常激動。這時，又傳來一陣急忙跑上樓的腳步聲，另一個男人衝進室內，嘗試攔住江次烈。

「學長，不可以這樣。」

是每次都跟江次烈一起行動的刑警，名字想不起來。

不管同事怎麼阻擋，江次烈似乎都沒有要放下善赫的衣領。他的表情猙獰，感覺想要馬上狠狠揍善赫一頓。

「說，快說！」

「說什麼啊！」

回過神來的善赫大吼回去，一把揮開江次烈的手。善赫拍著皺巴巴的襯衫，惡狠狠地瞪著江次烈，江次烈也互不相讓地怒目而視。善赫開口：

「說要調查，把人抓著，自己不知道跑去哪裡，現在又這樣動用武力抓人？我會正式提出抗議的。」

江次烈連眼皮都沒動一下。

「李昇勳在哪裡？」

他聲音低沉的問句，簡直要把善赫的心臟嚇停了。善赫看了一會江次烈的臉，因憤怒而皺成一團的臉上帶著深深的厭惡。

善赫想，眼前的這個刑警或許比他想像中知道更多事。不，或許全都知道了也說不定。

「應該是因為我去了李昇勳的家，你才這樣……」

「李炳春被發現自殺身亡了。」

「他是誰？」

「李昇勳的父親。」

善赫瞬間感到無法呼吸，腦袋一片空白，思緒花了一點時間才回到腦海裡。善赫同樣也認為這恐怖連續殺人案的兇手，就是李昇勳的家人。如果那個人真的是犯人，如果他自殺了，那一切不就結束了嗎？善赫稍稍想了一下。

「李昇勳，不是被你和你朋友殺了嗎？我不是什麼都不知道就這樣的。所以你快說，李昇勳的屍體到底在哪裡！」

江次烈警官的吼叫震耳欲聾。善赫怕被其他鄰居聽見，還稍微擔心了一下，這個房子的隔音很差。他轉頭看見自己的手機掉在地上，紫熙為他掛上的手機吊飾碎了。雖然稍有破裂，但搞不好還可以修。

就算查到了所有事情，沒有證據的警察也不能對他怎麼樣。

碎裂的手機吊飾中，有某個東西在陽光下閃閃發亮。

江次烈拿著搜索票進入李炳春家中，這才終於見到李炳春一面。那是吊在客廳天花板上，正逐漸腐爛的李炳春。

我是九年前在越善面失蹤的李昇勳的爸爸。我要自首，我就是殺了高元泰、許畢鎮和白道振的兇手。他們殺了我兒子，而且棄屍在某個地方。他們害我們家破人亡，我的太太因為太想念兒子，就跟著他去了，我的女兒為了支撐破碎的家去賣身。然後不管我有多想念我的太太和兒子，都再也見不到他們了。

我的人生為復仇而活，我剩下的人生都活在殺死他們的想像之中。他們到死前都沒有透露到底把我兒子丟在哪裡，雖然我也是殺死某個人的家人、朋友的罪犯，但身為一個父親，我想懇求各位：請幫我找到我兒子的遺體。我兒子沒有任何罪，請讓他得以安穩長眠。所有懲罰都由我來承擔，拜託各位。還有，對不起。

在展示李炳春篇幅不長的遺書時，會議室裡沒有人開口說話。他們同樣也有家人。雖然李炳春犯了罪，但他悲痛的心聲卻字字句句滲入每個人心底。而這封遺書已經做過筆跡鑑定，確認是李炳春親手所寫。

原本關著燈的會議室重回明亮，有幾個人發出清喉嚨的聲音，率先開口的人是本部長。

「既然遺書已經確認是李炳春本人所寫，那這個案子就這樣結案吧。」

「不可以。」

次烈拉著麥克風，斬釘解鐵地說，眾人的目光隨即集中到他身上。本部長皺了皺眉頭，也看向次烈。

「你在說什麼？李炳春屍體被發現的時候，他家並沒有遭到侵入的痕跡，也沒有打鬥的痕跡，遺書上寫了都是他做的，還有什麼要調查的嗎？」

「當然李炳春是犯人沒錯。不，正確來說，李炳春是犯人之一才對。」

會議室裡一片譁然，江次烈從座位上站了起來：

「各位請想一下過去的殺人案件。高元泰是在其他地方遭到殺害後被搬到停車場，然後他的遺體被放在車子上面展示，高元泰的遺體上完全沒有留下打鬥的痕跡。第二個被殺害的許畢鎮，情況也很類似。」

江次烈大步走向前方，接著拿起講台上的雷射簡報筆按了好幾下。白色背景上的簡報畫面迅速翻頁，然後在一張照片停下來，是許畢鎮遺體被發現時的照片。

「許畢鎮也是在汽車旅館的床上被殺害後，再被移到門前。」

床上血跡斑斑的畫面被放大檢視。

「許畢鎮當時已經知道高元泰的死，也很清楚兇手的威脅，因為他有接受我的調查。那麼他肯定會更小心行動，那這樣的許畢鎮，會幫誰開門呢？不可能是李炳春。如果是陌生男子來敲門，許畢鎮不可能會開門，而且許畢鎮身上也一樣沒有留下打鬥的痕跡。」

「所以呢？」

「這表示有共犯存在。不管是用什麼方式殺害，我認為都是由其中一人壓制住被害人，另一人負責動手。」

「那只是推測而已吧。」

本部長嘆了一口長長的氣，表情非常難看，他再次把麥克風移到嘴前。

「連續殺人案的新聞已經滿天飛了，你們不曉得要趕快收尾嗎？」

「但還沒結束的案件不能草草了結吧，因為，還有一個人活著啊。那個人很可能就是最後一個目標。」

「一開始不就說是三人幫了？」

「三人幫是許畢鎮、高元泰和吳善赫三個人。死去的白道振在事件發生之前，可說和他們三人毫無關係，所以他不算是三人幫之一。」

「所以是兇手搞錯了嗎？」

「不是的。」

九年前，失蹤的李昇勳夜裡從露營宿舍偷溜出去，因為白道振的關係。白道振一直在欺負李昇勳，那天晚上也一樣叫他去跑腿了，李昇勳不得不出去。接著他在外面撞見三人幫，才因此遇害，這應該才是正確的事情經過。

但事情經過不知道透過什麼管道傳進李炳春耳裡，於是他開始復仇。李炳春一開始想著三人幫而留下那些紙條，而他之所以殺死白道振，

也是因為他後來才知道白道振欺負李昇勳的事情。

「那還剩下一個人沒有死，他怎麼會突然自殺呢？」

江次烈也無法回答這個問題。吳善赫明明還活著，而且他也拒絕了警察提供的安全保護，

無論如何都有很多機會可以接近吳善赫才對。但殺人犯卻沒有繼續，李炳春積怨已久，他的恨意太深，不像是會認為繼續殺人不夠明智而放棄的人。

見江次烈沒有回答，本部長輕輕敲了桌子。

「再這樣下去也沒有證據啊，現在不是像這樣拼拼湊湊，繼續固執下去的時候了。如果新聞報出來說還有一個連續殺人犯，引發民眾恐慌怎麼辦？」

他怕的不是民眾恐慌，而是怕因此彰顯警察的無能，這點在場所有人都很清楚。

但江次烈認為事情絕對不能就此結束。

「請再看一次李炳春的遺書！」

本部長原本關掉麥克風準備起身，又再坐了回去。他翻著會議的紙本資料，想要找出遺書內容的部分，其他人也跟著翻找起來。

江次烈拿起遺書高聲朗讀：

「他們害我們家破人亡，我的太太因為太想念兒子，就跟著他去了；我的女兒為了支撐破碎的家去賣身。然後不管我有多想念我的太太和兒子，都再也見不到他們了。」

眾人一臉疑惑。本部長似乎也不懂次烈為何要特別提及這部分，用困惑的表情看著他。江次烈說：

「調查時有聽附近的人說，事件發生之後，這位女兒就離家出走去酒店上班，也因此跟父親斷絕關係。要不是因為李昇勳失蹤，根本就不會發生女兒跑去酒店上班這件事。」

「所以你想表達什麼？」

「如果他們說的是真的，那這裡應該不只寫見不到太太和兒子，還要加上女兒才對。他這樣寫的意思，就表示他現在有跟女兒見面。」

「還有請看最後一句，原本前面都有用敬語，但最後一句不同，他只用半語寫了對不起，這應該是寫給他女兒的。」

「那應該是讓事情變成這樣，他感到抱歉的意思吧。」

「不是，是李炳春留給女兒的話，對不起最後要讓妳收拾的意思。」

本部長用指尖急躁地敲著桌子。

「那個女兒現在在哪？」

「還沒找到。」

本部長嘆了一口長長的氣，然後搖搖頭。

「你們的話也不是沒有道理，但人為什麼會突然自殺呢？就是因為不想把後面的事交給女兒，想要自己一個人了結啊。」

這也是次烈找了很久的答案。一個殺人不眨眼只為報仇的人，突然選擇放棄一切的理由。是因為殺人這件事太過痛苦了嗎？還是害怕再這樣下去有一天會被逮捕呢？

至少李炳春看起來不像是會因為自己太過痛苦，就選擇讓女兒背負所有重擔的人。江次烈花了好長一段時間，才找到這個答案。

「是因為我的關係。」

「什麼？」

「因為我開始找他的女兒李昇珠了。李炳春大概是從我去過的其中一家酒店，聽說警察找上門了。為了不讓女兒的位置被發現，他想用自己的死結束這一切。就像本部長說的，李炳春是想要靠自己的死了結這個案子。」

本部長咬著下唇，凝視著地板的某個地方，似乎在思考著什麼。次烈用期待的眼神看著本部長，但本部長不久之後便搖搖頭。

「拿證據來。」

次烈看向他。

「我給你兩天時間。」

次烈踏著緩慢的腳步走回辦公室。不是步履蹣跚，而是因為陷入沉思。看見次烈回到辦公室，崔仁旭走了過來。原本以為他是想知道會議結果，但他卻把一個裝在信封裡的東西拿給次烈。次烈用疑惑的眼神看向他，崔仁旭便說：「監視組拿來的，據說是在李炳春家裡發現的，裡面有錢和紙條。他說很對不起房東，也對不起要收屍的人，裡面好像放了必要的經費。」

江次烈的表情越發凝重起來。他的胸口好像有一塊滾燙的東西，就快要爆發了。江次烈一路跑出警局，立刻開車前往吳善赫的住處。吳善赫明明犯了罪，卻大言不慚地到最後都不肯說出真相，讓李炳春心結未解，一輩子都沒有找到兒子，次烈覺得這簡直不可饒恕。

次烈停好車走上樓時，吳善赫正好回到家。現在吳善赫就要洗去一天的疲憊，用食物填飽肚子，再睡一個好覺了。江次烈衝上前抓住他的衣領，但他直到最後還是一句話都沒說。

回到警局的江次烈陷入煩惱之中。到底要去哪裡才能找到證據？他感到一片茫然。他多想找到李昇勳的遺體，甚至想過請越善面警察局協助把露營地附近翻個透徹，但他沒有時間了。如果兩天之內解決不了，本部長真的就會讓這個案子結案。如果調查本部解散，次烈也必須從這個案件撤手。萬一吳善赫死了，警察就會針對該案另起調查，絕對不會認定那個案子是這起他們想終結的連續殺人案的延續。

「學長，你整個晚上都在這嗎？今天連晚餐都沒吃吧？」

一抬起頭，崔仁旭一副擔憂的表情站在他身旁。次烈不自覺笑了出來，他倒想拿個鏡子放在崔仁旭面前，崔仁旭自己看起來才是好幾天沒吃飯的樣子。冒出頭的鬍渣，皺巴巴的衣服，還有黝黑的下眼瞼，崔仁旭也跟次烈一樣飽受疲勞之苦。

但就像崔仁旭為他打氣一樣，次烈也刻意提高聲量，歡快地大喊：

「吃飽才有力氣啊！就算沒飯吃，也吃點維他命吧！」

他從辦公室角落圓桌上的箱子裡拿了一顆蘋果。蘋果又大又光滑，看起來非常美味。

「這是之前松仁洞失竊案的被害人拿來的。」

松仁洞失竊案是已經終結的案子。刑事一組透過監視器追蹤位置，逮捕了躲在家裡的嫌犯。似乎是這個案子的被害人為表達感謝特意送來的。江次烈瞇起眼睛，看向崔仁旭。

「哎喲，不用擔心啦，聽說是花兩萬九千九百塊（約為新台幣六百多元）在電視購物上買的。」

崔仁旭揮了揮手，擺出一副用不著擔心的樣子，又再多拿了幾顆蘋果。抱著三顆蘋果的崔仁旭回頭對著江次烈笑了笑：

「再忙，吃蘋果也要削皮吧。學長，你等一下。」

仁旭打開茶水間的門走進去，次烈笑著再次看向電腦螢幕，接著他臉上的笑意瞬間消失得一乾二淨。因為崔仁旭剛剛的話喚醒了原本在他腦海裡沉睡，毫無存在感的某樣東西。次烈忙不迭站起來，猛地打開茶水間的門。

「我們查李昇珠行蹤的時候！」

「啊，嚇我一跳！」

崔仁旭一手拿著水果刀，嚇得轉過身來。

「有哪些紀錄可以調？」

崔仁旭緩緩吐氣，然後回答：

「我們不是一起看的嗎？完全沒有留下任何生活痕跡。沒用信用卡，也沒有手機的通話紀錄。」

「她離家以前沒有留下什麼醫院就醫紀錄嗎？整型外科手術之類的。」

崔仁旭稍微想了想，接著急忙放下刀，跑出茶水間。電視購物賣的蘋果，讓江次烈回想起宋蘭熙說過的「連下巴也削了」。他忽然想，搞不好李昇珠也做了整形手術。

急著回到座位翻找文件的崔仁旭，帶著明顯失望的表情搖了搖頭。

「沒有，她離家之前也沒有留下整形的紀錄。」

次烈思考片刻後指示：

「把李昇珠的照片印出來，發公文給銀波市所有整型外科，看有沒有人替她做過手術。」

「是！」

「還有，人活著就不可能完全不去醫院，完全不用手機吧。」

「是啊，也可能是借用他人的名義動手術的。」

「有可能現在還在冒用那個名字。如果她有整形的話，就要找到她在醫院是用什麼名字。」

「我知道了，我馬上去發。」

崔仁旭隨即開始撰寫公文，附上李昇珠的照片，發送傳真給銀波市所有整型外科，不過要天亮之後才可能接到聯絡。經過了漫長而枯燥的等待，直到早上十點之後，他們才終於接到聯絡。本部長說的兩天，已經過了一天了。

聯絡他們的醫院是座落於銀波市最昂貴地段的「高雅整型外科」。因為傳真是黑白的，照片不甚清晰，但有醫師表示曾經為相似面孔的人做過手術。

高雅整型外科有三位院長及五位院聘醫師，是規模滿大的醫院。接到聯繫的江次烈和崔仁旭立刻開車前往醫院，但沒辦法立刻見到醫師本人。說曾經替容貌相似的客戶動手術的人，是三位院長之一的金在德醫師，聽說金醫師目前正在做簡單的內眼角手術。

一位諮詢師將他們帶進院長室，等待醫師手術結束。牆壁上掛著造型特別的時鐘，秒針的滴答聲讓兩人非常焦躁，本部長說的四十八小時似乎近在眼前了。

「抱歉讓你們久等了。」

一個男人帶著爽朗的笑容走進來，醫師袍上繡的大名正是金在德。他把醫師袍披在手術服上，年紀看起來大約五十出頭，似乎有在健身，體態非常勻稱。

「不會。」

「你們有帶彩色照片來嗎？」

個性跟笑容一樣直爽的金醫師立刻進入正題，或許是趕著進行下一場手術。江次烈立刻拿出兩張照片。一張是李昇珠的身份證照片，一張是從她父親李炳春家中拿過來的生活照。照片是李昇珠參加高中入學典禮時拍的。

金在德院長默默看著兩張照片，然後點頭把照片放在桌上。

「沒錯，光看公文上傳真的照片還有點不太確定，但的確是這個人沒錯。」

「請問您還記得她的姓名嗎？」

他皺起眉頭，似乎在搜尋記憶，但很快就搖了搖頭。

「名字記不得了，因為我一天要做四、五個手術啊。但找找看病歷可能就知道了，我記得她做的手術滿大的，麻煩兩位稍等一下。」

金在德院長猛地起身，走到診療桌前坐下。他用飛快的速度敲打鍵盤，接著便是一陣滑鼠點擊聲。

「啊，找到了。」

聽到金在德院長的話，次烈和仁旭也迅速起身，跑到他背後。雙螢幕的其中一個螢幕上顯示著滿是專業用語的病歷，另一個螢幕上則跳出李昇珠的照片。

「你們在找的是這個人對吧？」

次烈點頭，金在德院長撐著下巴道：

「看到這張照片我就想起來了。她原本的臉也沒有不好看到需要整形，對吧？說得更確切一點，她長得清純，也滿漂亮的啊，所以我好像還有建議她其實不用整形。」

「不過她還是堅持要整形嗎？」次烈問。

金在德院長歪了歪頭。

「倒也不是堅持，只是患者想要整形而已，所以我就幫她做了。」

「可以看一下手術後的照片嗎？」

「嗯……」

醫師稍微猶豫起來。

「應該不會有什麼問題吧？」

「當然。」

金在德院長用滑鼠按了某個按鈕，原本病歷的畫面便出現一張大大的照片。看著那張照片，崔仁旭毫無反應，但江次烈卻倒抽了一大口氣。

「怎麼了？學長認識嗎？」

儘管崔仁旭開口發問，江次烈卻沒有馬上回答，他的眼睛完全離不開畫面上女子的臉龐。照片中女人的臉部還沒有消腫，下巴也纏繞著繃帶，但還是可以認出她是誰。江次烈看過這個女人，甚至還和她做過關係人的筆錄。

這是李紫熙。

「病歷……麻煩再給我看一下病歷！」

江次烈提高了音量，似乎感受到他的急切，金在德院長也慌慌張張地敲打鍵盤，再次調出病歷。

次烈幾乎緊貼著院長，站在電腦前仔細盯著螢幕。雖然看不懂用英文撰寫的醫學用語，但患者姓名還是可以正確閱讀的。

「李紫熙。」

這是消失的李昇珠使用的新名字。所以她離家之後，才找不到任何關於她的醫療紀錄或生活痕跡。還有……她現在是吳善赫的女朋友。兇手的最後一個目標——吳善赫，的女朋友。

「怎麼了？」

雖然崔仁旭問了，但江次烈根本沒有回答的功夫。他用手遮著嘴，在院長室裡來回踱步。他的腦袋正在執行複雜的功能，快速運轉著。江次烈緊急打電話給警局，接電話的是宋蘭熙。江次烈搶先說現在沒時間解釋，堵住對方的嘴之後，便念出了病歷上顯示的李紫熙的身分證字號。

「妳幫我確認這個人的個資之後打給我，要儘快！」

「是！」

似乎查覺到次烈語氣中的急迫，宋蘭熙沒有多問便掛斷電話。

「那我有幫上兩位的忙嗎？」

金在德院長的聲音讓江次烈忽然回過神來。他剛才暫時忘了這裡是別人的辦公室。

「是的，真的非常感謝您。」

江次烈伸出手和醫師握手，之後向崔仁旭使了一個眼神，便從醫院離開。

「怎麼回事啊？」

崔仁旭這才問道。正要回答的時候，江次烈的手機響了。

「我現在在調她的個資，剛剛把身分證字號主人的照片傳到學長手機裡了。」

「謝啦，能查到她是做什麼的人嗎？」

「可以，她好像有經營沙龍會館，規模也不小。」

「店名叫什麼？」

次烈雖然聽到了回答，但總覺得那個詞似乎傳不進大腦裡。也很像頭被什麼東西打到，產生耳鳴的感覺。

「白香。」

「快上車！」

江次烈一邊大喊，一邊衝上駕駛座。崔仁旭也急忙跑來，坐上副駕駛的位置。車門一關上，車子隨即出發。雖然還沒來得及跟宋蘭熙道謝就掛了電話，但現在不是在意那些的時候。

江次烈立刻打開手機收到的照片檔案，接著倒抽一口氣。這張臉他看過，正是白香的媽媽桑，李紫熙這個名字原來是白香媽媽桑的名字。她大概是用自己的名字幫李昇珠處理手機申辦或出入醫院等生活上需要的事。她想必是謊稱不認識李昇珠，而沒有身份證影本等文件，應該也是謊言。

他一直覺得很奇怪，明明仇還沒有完全報完，為什麼李炳春會突然自殺呢？若不是有什麼理由，事情絕不可能會演變成這樣。那一定跟白香的媽媽桑有關係。雖然不知道白香的媽媽桑和李昇珠是什麼關係，但既然是會對上門的刑警說謊的程度，表示她們的關係一定不單純。而真正的李紫熙並沒有對此掉以輕心，她一定把刑警造訪白香的事告訴了李昇珠，而聽聞此事的李炳春便開始焦急了。找到白香，表示李昇珠的存在很快就要揭露，這喚起了李炳春的恐懼。李炳春才會想獨自把一切帶進墳墓。不，也或許是因為仇還沒報完，想要拖延更多時間也說不定。

次烈向追問到底發生什麼事的崔仁旭冷靜地說明事情經過。仁旭目瞪口呆，就像剛剛的次烈一樣用手遮住了嘴。

江次烈的車在白香大門前急煞，發出尖銳的煞車聲，一個穿著服務生制服的男人從樓梯上跑過來。

「你們在這停車的話……」

次烈把警證堵到說話的服務生眼前，服務生這才發現他們就是上次來過的兩位刑警。

「老闆上班了嗎？」

「沒有，還沒。」

江次烈把車熄火，拉起手煞車。兩人從車上下來，走進沙龍會館，正在打掃的員工用驚恐的表情看著他們。在外面見過他們的服務生立刻跑進來，在看似職位較高，西裝打扮的男人耳邊竊竊私語。

走進沙龍的崔仁旭打量四周，接著開口：

「如果媽媽桑先接到聯絡溜了，怎麼辦？」

「怎麼可能，她只是把名字借給那個女人而已。」

雖然這也算犯罪，但不至於丟下這麼大規模的沙龍逃跑。

次烈的猜測是對的。不久之後，沙龍的門開了，走進來的是媽媽桑。她臉上的妝比上次少了許多，看來是接到其他員工的聯絡，急著出門的樣子。

「請坐，李紫熙小姐。」

從刑警口中聽到自己名字，真正的李紫熙看起來很是震驚。但她馬上收起訝異，調整好表情，冷靜地坐下。

「上次您騙我們說不認識李昇珠，對吧？」

李紫熙沒有回答。江次烈從口袋拿出一張折成一半的文件，放在她眼前，那是李昇珠整型手術的明細。

「李昇珠小姐用您的名義做了整型手術，所以老闆您不可能不認識李昇珠，為什麼要說謊呢？」

真正的李紫熙只輕輕瞥了一眼那張文件，並沒有展現出更多興趣。她低低地嘆了口氣，把背緊靠在沙發，翹起一雙長腿，再從身旁的手提包裡拿出香菸。連問都沒問能不能抽，便逕自點起菸，深吸了一口。

她吐出的白霧讓包廂內瞬間充滿菸味。

「第一次看到她的時候，我還以為是什麼高中生呢。」

李紫熙說她是在其他店裡第一次看到李昇珠的。她一看就覺得這女孩不是會做這種工作的類型，而李昇珠果然適應不良。被那間店開除之後，又輾轉換了好幾間店，最後女孩來到白香的時候，李紫熙對她說：

「妳不是做這種工作的人，回家吧！」

「不過，哪有分什麼會在這種地方工作，跟不會在這種地方工作的人？只要缺錢，誰都能做啊！誰不能做？」

這也是李昇珠本人說過的話，她的觀察很犀利。這些年她的心中似乎也長出了鋒芒，於是李紫熙錄取了李昇珠。

李紫熙同樣也沒能從李昇珠那裡聽到詳細的事情經過。反正會在這種地方工作的人，心裡都有些沒說出來的故事。不過，的確有些話動搖了李紫熙的心。

「她怕她爸找她，所以不能用她自己的名義。我也躲過我爸，我爸嚴重家暴……」

說到一半，她默默閉上了嘴。似乎覺得沒必要連這種事都講出來，或許這對她而言也是不願想起的記憶吧。總而言之，真正的李紫熙似乎誤以為李昇珠遭到父親的家暴和虐待。所以才把名字借給她，幫她申請手機門號。

「她的臉根本不需要整形，沒有長得那麼不好看。比她長得更差的孩子，多得是化了妝之後在沙龍做得好好的。」

彷彿說了什麼有趣的玩笑話，李紫熙獨自噗哧笑了出來。

「不過對她而言可能需要吧，不得不拋下一切，重新出發之類的。」

李紫熙抽著菸，把頭轉向次烈。

「兩位警官可能不懂這些吧。」

「我們上次來過之後，妳有告訴李昇珠嗎？」

「當然說了啊！她就問我什麼事而已。怎麼？有問題嗎？要把我抓走嗎？」

她依然抽著菸，嗤笑著。江次烈說：

「麻煩打電話問李昇珠小姐現在人在哪裡？不要說警察來了，稍微應付一下就好。」

「為什麼？」

她抬起下巴，吐出一口長長的白煙，次烈的表情凝重起來。

「這是攸關人命的案件，李紫熙小姐，妳也可能會因為藏匿犯人而受罰。」

次烈話一說完，李紫熙的表情瞬間變了。她快速眨著眼，似乎在思考著什麼。崔仁旭站起來，從她敞開的手提包裡拿出手機，再交還給她。猶豫再三後，李紫熙接下自己的手機。在她撥號的時候，江次烈的手機響了起來，是吳善赫打來的。

那裡不是什麼有名的釣魚景點，是他在遇見紫熙之前，一次無聊兜風時偶然發現的地方。人煙罕至又乾淨的河邊，雖然有一個老舊的帳篷棄置在這，但每次來這裡釣魚，幾乎都沒遇過其他人。善赫很喜歡這裡，也常和紫熙提到這個地方。諮商師、朋友、精神穩定，他說這個地方跟這些東西的意思一樣，紫熙便說她也想一起過來。

善赫決定今天讓紫熙看看這個地方。

晚霞染紅了河岸，善赫一心想著，最棒的釣魚就是在日落時分釣魚。思考各種事情時，如果選在沒有旁人，所以別人也看不見自己的地方，煩惱有時可以解決，有時也會像沉入水中般消失無蹤。為了讓紫熙好找，善赫點亮了放在旁邊的露營燈。

早上新聞說，從今天開始氣溫會持續升高，比往年還高。或許因為如此，現在真的很熱。坐著不動就會流汗，偶爾吹來的風也是熱風，他的T恤整個貼在身上。

雖然垂著釣竿坐著等，但今天的浮標格外沒有動靜。不過善赫並不急躁，只是靜靜注視著河水的流動。日頭逐漸落下，暗得幾乎看不見四周了，善赫拿起手機確認時間，八點十五分。

「沒關係，妳就拉緊吧。」

若不是周圍很安靜，如果善赫沒有本能地注意著四周，他不會聽見這腳步聲。對方壓低了身體，儘量不發出聲音地悄悄靠近，小心翼翼地用繩子繞住善赫的脖子，善赫就是在這瞬間開口的。

對方手中的繩子突然失去力道，垂了下來。

「你本來就知道？」

一回頭，紫熙站在那裡。

善赫用似乎放棄一切的聲音說：

「妳想殺我的話，我也不會反抗。但可以的話我有話要說，希望妳可以聽一下。」

他的嗓音沒有顫抖，聽起來也毫無畏懼。

「你怎麼知道的？」

反而紫熙的聲音顫抖著。

善赫注視著變暗的河邊，似乎下定了決心。他把手放進口袋，掏出某個東西。那是一個拇指指甲般大小的裝置。

「妳送我的手機吊飾不小心破掉了，裡面跑出這個東西。」

他自嘲般笑了笑。

「為什麼我沒想到呢？元泰就算了，畢鎮跟我約在汽車旅館見面，應該沒有人知道才對，犯人怎麼有辦法先下手為強呢？我從來都沒想過。還有跟我們完全沒關係的白道振也是，他是在我跟白道振的同學見面，聽到他霸凌的事之後才死的。」

善赫搖了搖頭。

「完全沒想到，我身上居然被裝了竊聽器。」

善赫抬頭看向依然站著的紫熙。

「坐，妳也有很多事情想說吧！先說完再殺我也不遲。」

紫熙的態度仍然保持警戒，但是善赫只是再次把目光投向河水，沒有採取任何動作。又站了好一段時間，紫熙才在離善赫一段距離的位置坐下，手上還是拿著那根繩子。

兩人相對無言，最後善赫率先打破了凝重的沉默。

「一開始元泰死的時候，預告殺人的紙條上提到三人幫和九年前的事件，光靠這點就能判斷想殺我們的人是誰了。」

善赫轉頭看著紫熙。她的側臉在露營燈的暖黃光線照射下，顯得美麗而超然。善赫咬住下唇，難以啟齒。

「應該是九年前被我們……被我們殺害的被害人的家屬，原來就是妳啊。」

「之前有遇到對吧？把我當成酒店小姐的人，那不是誤會。」

果然如此，善赫不禁這樣想。發現竊聽器的時候，所有拼圖似乎都對上了。他最想知道的是，九年前的事件為何直到現在才揭開。那就表示對方直到現在才知道他們是真兇，而善赫一直在想他們究竟如何發現真相。想到這裡，就回想起把紫熙誤認為酒店小姐的人。

是啊，如果是在酒店聽到的，那的確不無可能。元泰從以前就那樣，就算遭到警方調查，還是把自己對懷孕老師施暴的事情掛在嘴上，一副引以為傲的樣子。他想，搞不好就是元泰在酒店喝得醉醺醺，自豪地四處嚷嚷起自己犯罪的事，果真被他料中了。

「他開始說的時候，其他女生都說他在吹牛，沒有很認真看待，但我知道他說的就是我哥。他提到越善面，又說最後以失蹤案作結了。」

憤怒在她眼中熊熊燃燒著，幸好沒有直接衝進廚房拿菜刀當場殺了對方。她感覺自己的血液快乾涸了，但還是儘可能振作起來。因為那個客人喝得太醉，其他員工都躲著他，紫熙才能趁機坐到對方身邊。她刻意在一旁搧風點火，把男人哄得快飛上天，隨即開始肆無忌憚地大放厥詞。最後，她在男人口中聽到吳善赫這個名字。

「他是我朋友裡面混最好的啊。一個很大的泡菜公司，叫什麼……喔，鳳源。他在那邊上班啊，以前老子打一通電話過去，這傢伙馬上就會滾過來，哈，誰知道他會混這麼好啊。以前我們三人幫一起埋屍體的時候，在那邊嚇到尿褲子的傢伙。」

高元泰低聲地說。紫熙接著引誘男人帶她出去續攤，一走進汽車旅館，她就遞上摻了安眠藥的解酒液。自從媽媽過世以後，紫熙每天都會吃安眠藥。她說要先去洗澡，便走進浴室。出來的時候，男人已經睡死在床上。

紫熙打電話給爸爸，這是她離家五年後第一次打電話回去。

「我說找到殺哥哥的兇手們了。爸爸什麼話都說不出來，我大喊大叫，問他難道要放任這些混蛋嗎？然後我說我要馬上殺了這男人。爸爸阻止我，說我人在旁邊會立刻被逮捕，但我不肯退讓，沒有比這更好的機會了。」

爸爸第一次對著這樣的紫熙咆哮。那其他混蛋就不管了嗎？沒錯，她現在知道的只有陷入沉睡的高元泰，和只知道名字的吳善赫而已。

所以她決定先留著男人的命，並安慰自己只是先緩刑而已。

她把高元泰的手拉過來，解鎖手機螢幕。之後在儲存的聯絡人裡找到吳善赫的號碼。雖然看了相簿，但還是不知道吳善赫是哪一個。紫熙稍稍煩惱了一會，決定打開高元泰的臉書，按下應用程式之後就自動登入了。紫熙一一檢視貼文，一則一年多前發布的貼文吸引了她的視線。

「少年時期混得不錯，好想回到當年。我們三人幫，到哪去了？」

照片是在河邊拍的。比現在年幼許多的高元泰站在河裡，和另外兩人勾肩搭背，並排站在一起。她知道另外兩人長什麼樣子了，但是要透過年少的照片找人，有點擔心會認不出來。貼文底下沒有留言，不過有十五個讚。按讚名單裡出現了吳善赫，她馬上點進吳善赫的名字，確認了他的長相。她用自己的手機拍下照片，便立刻離開汽車旅館。爸爸說得對，就算把高元泰一個人殺了，也無法消解她所有的怨恨。

「說到九年前的事，我知道你馬上就會想去找被害人的家屬。所以我才整形了，為了不被認出來，然後我就從白香離職了。接著直接到鳳源前面等你，皮夾也是我偷的。」

「原來是這樣遇到我的。那妳明明可以先把身邊的我殺掉啊，為什麼沒下手？」

善赫正打算這樣問的時候，聽見他們頭上的步道有人經過。

行人大概以為這兩人只是普通的釣客，作夢都想不到這對並排坐的男女竟然在討論殺人吧。

「我怎麼都查不到另一個人的名字，只好耍了一些手段。」

她和爸爸一起殺了高元泰，屍體也是跟爸爸一起搬的。然後為了讓警察認為這起案件重大，把屍體展示般地移到車子上，在預告殺人的紙條上故意點出九年前的事件。如此一來，警察應該就會開始調查九年前他們發生了什麼事。她想，要是重啟調查的話，或許能找到哥哥下落不明的遺體。

「接下來你馬上就跟許畢鎮聯絡了，多虧有你，才能知道三人幫中的最後一個是誰。」

「那下一個目標應該是我才對，為什麼連白道振也一起殺了？」

紫熙猛地轉頭，她的眼睛在黑暗中依然閃閃發亮。

「因為你的關係，我才知道了以前不知道的事啊！白道振霸凌我哥的事。」

每當紫熙想起九年前，就實在無法理解哥哥的行蹤。露營地的監視器有拍到哥哥探看四周，從窗戶偷偷溜去外面的身影。雖然有些學生會在露營或戶外教學時為了好玩偷溜出去，但哥哥絕對不是那種人。他話不多，也很聽老師的話。他是那種沒必要絕對不會出頭，也不太顯眼的學生。紫熙以前並不知道，哥哥正遭人霸凌的事實。

善赫想起他跟畢鎮見面的時候，紫熙那時已經在竊聽，所以知道這件事。雖然他是想不顧一切找到犯人，保住自己的性命，但其實等於主動扮演了領路人的角色。他想著先找出犯人，就可以殺了對方的念頭，大概一輩子都不會向紫熙透露了。

「如果那個混蛋沒做那種事，我哥就不會遇到你們三個，也不會因此而死，害死我哥的人又多了一個。」

「那……現在應該輪到我才對，為什麼妳爸爸要自殺呢？」

善赫想起不久前從江次烈警官口中聽到，讓他深受衝擊的事。

紫熙咬著下唇，她的上唇也在發抖。一想起父親，她就一副快要哭出來的表情。以往每次她哭，善赫都會摟著她的肩膀安慰她，但現在不能了，他現在沒有資格那樣做，兩人已經走到無法再往前一步的位置了。

「警察跑去我以前上班的酒店調查，因為我用假名，原本覺得應該沒問題，但爸爸一直放心不下。最後他就想要把所有事情攬在身上，一死了之，我連喪事都沒能幫爸爸辦好。」

父親身亡的消息，她也是透過竊聽知道的。她那時的衝擊和痛苦，讓善赫不忍去想。

「你都問完了吧？那我再問你一件事。」

善赫默默凝視著她。

「我哥被埋在哪裡？」

善赫沒有回答。

「我問你他被埋在哪！」

她的大喊擾亂了河邊的靜謐，善赫卻沒有開口。紫熙猛然衝過來，揪住善赫的衣領。

「說！你給我說！」

善赫任憑紫熙抓著他用力搖晃。紫熙的嗓音聽來就像野獸的嘶吼，善赫的心也彷彿被那野獸撕裂般疼痛，不過唯獨這件事，絕不能說出來。

善赫的脖子瞬間被繞上麻繩。

「說！」

「……」

麻繩逐漸收緊，無法呼吸。善赫的臉迅速脹紅，眼睛冒出血絲，太陽穴上也爆出青筋。

「你說啊！」

紫熙的手不停顫抖，她的叫喊聽起來近乎哀求。善赫吃力地慢慢舉起手，輕輕放在紫熙正勒著自己脖子的手背上。

「沒關係，再……拉緊一點。」

「啊啊啊啊啊！」

紫熙慘叫出來，勒住善赫脖子的麻繩忽然收得更緊，嵌進他的頸部。

「住手！」

紫熙朝聲音來源轉頭過去，幾個男人不知何時靠了過來，最前面的那個人拿著槍瞄準這裡。雖然在黑暗中無法辨認臉孔，但紫熙想起了她曾見過的江次烈刑警。

「結果……在耍我啊？」

是陷阱。雖然紫熙發現了善赫是先向警方報案後再把她叫出來，但為時已晚。

「李昇珠！把繩子放下，雙手舉高！」

紫熙咬住下唇，再一下，再一下下就可以報仇了。她帶著殺氣狠狠瞪向善赫，原來他先報了警，之後為了爭取時間，又開始問東問西。她後悔自己就這樣上當，還想著最後就一五一十地回答他。

「咳，紫熙……不是……」

刑警一擁而上，其中最前面的男人把紫熙的手繞到背後壓制，一對冰冷的手銬隨即銬住她的手腕，男人叫她站起來。

「妳涉嫌殺害許畢鎮、高元泰和白道振，我們現在要依法逮捕妳。妳有權保持沉默，妳的發言可能會在法庭上當作不利的證據，妳可以委託辯護人……」

在這之後，紫熙就聽不見江次烈刑警說的話了。她只是發出低吼，全身止不住地發抖，視線直直朝向善赫。善赫喘著氣站起身，脖子上有麻繩留下的鮮明痕跡。

「走吧。」

站在江次烈身後的刑警都在搖頭，他們從兩側抓住紫熙的手臂，把她帶到停在河堤上的警車。

「紫熙……」

善赫驚慌地想要上前，卻被江次烈擋下來。

「吳善赫，你不能一起去。後續會有調查，請你不要離開住處，靜待通知。」

江次烈本想跟上其他人，卻又轉身看向善赫。

「九年前的李昇勳失蹤案很快就會重啟調查，如果你願意反省再自首，現在就可以一起去。這對減刑也有幫助，你要一起去嗎？」

沒什麼好想的，善赫搖了搖頭，不自覺地向後退幾步。

江次烈表情冷漠，將善赫的舉止都看在眼裡。從江次烈的視線裡看得出輕視，但善赫並不想改變心意。

次烈轉身走向刑警剛才爬上去的河堤，河堤上停著一輛警用廂型車，紫熙已經坐進去。她的兩邊都坐有警察，次烈走向副駕駛座。

「等一下！」

善赫氣喘吁吁地跑上河堤，情急地抓住廂型車的門把。敞開的車窗中，看得見紫熙的臉。

她執意凝視著前方。

「麻煩不要這樣。」

「等一下！再讓我，再讓我問一件事就好。」

他急切地大喊，絲毫不在意江次烈看向自己的表情充滿厭惡。兩旁的刑警困擾地看向江次烈，次烈微微點了點頭。

兩旁的警官都把背儘量往後靠，坐在中間的紫熙便露了出來。

「紫熙。」

紫熙依然不肯轉過頭來，但善赫還是想要問。就算別人聽了會被嘲笑，善赫也一定要搞清楚。如果不趁現在，好像再也沒有機會問了。善赫有預感，這會是他最後一次見到紫熙，他帶著快哭出來的表情開口問道：

「就算只有一瞬間也好，妳對我有沒有過，報仇以外的感情呢？」

紫熙的臉轉了過來，臉上是無言以對的表情。那張臉很快便厭惡地扭曲起來，她氣息不穩地開口：

「你下地獄吧。」

在前面目睹這一切的次烈搖了搖頭，坐進副駕駛座，車子發動後開走了。雖然知道自己不可能聽到答案，但善赫下意識地追在廂型車後面跑。不過也不可能追太久，不久便放棄了。

刑警叫紫熙李昇珠，那應該就是紫熙的本名，是他第一次聽到的名字。善赫彷彿要把那三個字刻在心上一般，一個字一個字小心翼翼地覆誦。

「李昇珠。」

這個名字很適合她。

坐在警局調查室裡的李昇珠比想像中更冷靜。雖然被逮捕的時候，她似乎對吳善赫展現出極大的憤怒，但在那之後一直都是一副不知道在想什麼的表情。逮捕後待在調查室的期間，她一直都很配合。次烈靜靜地看著坐在自己對面的李昇珠，雖然因為整形的關係沒辦法馬上認出來，但很多地方都和李昇勳很像。

「妳是從什麼時候開始使用其他人的身分？」

「五年前，從我離開家後，就開始借用店裡同事的名字。現在用的名字是白香老闆的名字，因為我怕我爸會找我。」

為了撐住崩潰的家庭，李紫熙——不，是李昇珠，她開始去酒店上班。她的爸爸知道之後和她鬧翻，江次烈早已社區住戶口中聽聞這件事。

「妳殺害了許畢鎮、高元泰和白道振先生對嗎？」

「是。」

她似乎根本沒有想過拒絕陳述。

「為什麼？」

「因為他們殺了我哥。不知道警官你知不知道，跟我哥同班的白道振，他也是害我哥被殺死的人。他欺負我哥，如果我哥那天沒有被他逼出門的話，也不會死了。」

「妳怎麼知道這件事的？」

她用力吸了一口氣。不是在猶豫要不要回答，而是回想那天的記憶似乎非常痛苦。之後她慢慢地繼續說下去。

離家之後在多間酒店輾轉工作的李昇珠，偶然遇見了作為客人的高元泰，他老是沾沾自喜地把自己殺人的經驗拿來說嘴。越善面、高二的時候、越善露營場後面，還有晚上溜出來的男學生。

這些關鍵字全都直接連結到李昇珠的哥哥。於是她偷偷從高元泰的皮夾拿到身分證，計算了高元泰的年紀。高元泰高二的時候是二〇一四年，跟哥哥失蹤的時間正好相符。昇珠又再灌了高元泰更多酒，一直慫恿他說更多。儘管心裡感到噁心不已，還是忍耐安撫著高元泰，要求他講得更仔細一點。李昇珠從這些故事中找到線索，最後也找到吳善赫。

「那請先從第一個案件開始說吧，妳是怎麼把高元泰叫出來的？」

調查高元泰手機的時候，並沒有發現什麼特別的內容。最近撥的電話也沒有多少，也沒有跟別人有約的證據。

「很簡單啊。高元泰一開始來我們店的時候，就一直對我眨眼睛，說要帶我出場。我從白香離職以後，就跑去找高元泰。當然是裝成偶遇那樣，我跟他說我有整形，他一直說我變更漂亮，開心得不得了。然後我說離職了，以後要自己一個人做，他就哇一聲馬上跟過來了。」

李昇珠勾起一邊嘴角，露出輕蔑的笑。

「妳是怎麼殺死高元泰的？」

李昇珠看向江次烈。

「你是問死因嗎？」

「不，高元泰的死因是頸動脈遭到截斷導致失血過多。不過妳也知道高元泰體格很好，也很會打架，但這樣的人，身上完全沒有留下打鬥的痕跡，又是怎麼被殺害的呢？」

呵，李昇珠笑了起來。

「他想跟我上床想得快瘋了，要轉移他的注意力容易得很。我在沒有人的小巷子假裝要跟他接吻，然後爸爸就從後面把刀插進他的脖子。」

「你們兩個在他死後把刀子插到他肚子上，然後移動到停車場，再把高元泰的屍體放到車子上面，接下來還留下殺人預告。這是為什麼？」

「我覺得應該要儘量引人注目，儘量越殘忍越好。我想如果留下那種紙條，警察一定會去關注九年前的事。」

江次烈實際上也為了查明九年前案件的真相四處奔走。以此案為契機，未來也預計要在越善面警察局重啟當年案件的調查。

他們的目的完全達到了。

「你們又是怎麼殺害許畢鎮的呢？」

「為了抓到他，我才跟吳善赫交往，我把竊聽器放在吳善赫身上。」

這件事在吳善赫報案的時候就聽他提過了。如果那天他沒有和江次烈發生爭執，手機吊飾沒有掉在地上破掉的話，差點就要永遠不知道犯人從何得知許畢鎮在汽車旅館。

「如果吳善赫從警察那聽到預告殺人的事，一定會聯絡許畢鎮才對。我的想法果然沒錯，我在吳善赫到之前，就去找躲起來的許畢鎮了。雖然旅館房號是用簡訊傳的我看不到，但我在旅館門前等，然後跟蹤許畢鎮進去了。」

許畢鎮當時也處於極度緊張的狀態，所以李昇珠早就猜到他不會輕易開門。但李昇珠說自己是吳善赫的未婚妻，說是善赫叫她先來這裡等，許畢鎮儘管訝異，卻還是為她開了門。

首先對方是女的，又知道吳善赫的名字，連自己躲藏的地方都知道，他可能就以為大概不用擔心。

「妳一個人去嗎？許畢鎮的遺體上也沒有打鬥的痕跡，是怎麼做的呢？」

「我沒想過要絕對不被抓到，那種夢根本不敢做。我只想著，在殺死吳善赫、報完全部的仇之前，不能被抓到，所以就不能留下證據。我先走到床附近，等許畢鎮跟在後面進來的時候，爸爸就抓住快關上的門，瞬間衝進來把刀刺進許畢鎮的脖子。他被嚇到雙手亂揮，所以我用毛巾把他的手綁起來。聽說用毛巾之類柔軟的材質綁的話，就不太會留下綑綁的痕跡，這是我在網路上看到的。我們就這樣把他殺了以後，一起把他吊在汽車旅館的房門前。」

江次烈把李昇珠的口供一字不漏地輸入到電腦。

「照順序的話，下一個應該是吳善赫先生才對。」

雖然已經從吳善赫口中聽過了，但因為要寫進筆錄，所以江次烈再問了一次。李昇珠一說起白道振的事，表情就皺起來。

「我們也完全不知道哥哥竟然有被霸凌。我哥是一個很古板、很老實，非常守規矩的人。所以我一直很想知道，那天晚上哥哥為什麼要溜出露營場。就算看了監視器拍到他一個人出去的畫面，也完全無法理解。結果他居然是被霸凌，被那個白道振害的！」

吳善赫是在調查白道振的過程中發現霸凌事件的，在吳善赫渾然不覺的時候，這些事實就這樣直接傳入李昇珠耳裡。

「所以白道振對李昇動的死也有責任，你們是這樣想才殺死他的嗎？」

「是的。」

聽到李昇珠的回答，江次烈把原本在螢幕面前的頭抬了起來，視線轉到她臉上。

「妳在說謊。」

「什麼？」

「殺死白道振這件事，是妳父親李炳春一人所為。」

李昇珠張著大眼，眼神閃爍。可能因為太過訝異，她的嘴微微張開。

「跟前幾次殺人現場不一樣，白道振的身上有打鬥痕跡，指甲裡還檢測出李炳春的血跡和DNA。」

「……」

「李炳春大概是這個時候知道的吧，他得在這裡擔負所有的罪名再離開，這件事妳也知道嗎？」

李昇珠的臉色變得慘白，原本一直維持平靜的表情正在崩塌，她的眼眶瞬間紅了起來。

「我……知道。」

多虧李炳春的行動，案件差一點就要在這時候宣告終結了。但李昇珠不是那種人，不是會想讓父親獨自承擔一切的人。萬一案件那時就被了結，李昇珠也打算自己處理剩下來的那一個人，今天正是她行動的日子。

「殺害許畢鎮、高元泰的案件，還有對吳善赫殺人未遂，這些妳都認罪嗎？」

「我認罪。」

「那妳犯下的所有罪都是有計劃的，這妳也承認嗎？」

「我承認。」

「還有什麼其他想說的嗎？」

「你知道我把吳善赫留到最後的原因是什麼嗎，警官？」

反而是次烈被反問了，他想了一下，接著搖搖頭。

「我哥的屍體到底被埋在哪裡，我想只有那個人會說了。但那傢伙到最後還是不告訴我，所以我才想殺了他。警官，拜託你，你去調查那傢伙，幫我找到我哥的遺體。我哥也是有夢想的，他想長大之後可以到大公司上班，也會夢想要怎麼生活，他也曾經是一個有未來的人，可是那些都被奪走了。我想要找到我哥，好好安慰他的冤魂，拜託你幫幫我，找到我哥在哪裡。」

她雙手合攏，近乎懇求地哭了起來。

肩膀縮得小小的，不停顫抖著。次烈眼前這個人，是殺了兩個人，還想殺另外一人卻以殺人未遂作結的殺人魔。但次烈依然為她感到惋惜，這是次烈刑警生涯以來，第一次感受到這種心情。

敲門聲傳來。江次烈轉頭的同時，門就開了，崔仁旭走進來。崔仁旭靠在江次烈耳邊悄聲說了些話。次烈點點頭，向對面的李昇珠說：

「因為妳有滅證和逃亡的嫌疑，剛剛拘票下來了。妳會立刻被收押，調查結束之後就會移交給檢察官。」

「拜託，拜託幫我找我哥哥。」

李昇珠突然抬起頭，雙手合十地向江次烈懇求，眼淚不停落下。她對於自己的拘票已經聲請下來，還有自己未來會受到怎樣的懲罰，都似乎毫不關心。江次烈說：

「我們會以這次調查結果為基礎，請越善面警察局協助，重新啟動李昇動先生失蹤案的調查，妳不用擔心。」

李昇珠把臉埋進手掌，嚎啕大哭。

「謝謝，謝謝。」

江次烈對崔仁旭點點頭，於是崔仁旭挽住李昇珠其中一隻手臂。她雙手都帶著手銬，但她的手腕實在太細，看來難以承受那手銬的重量。崔仁旭拉著李昇珠離開調查室，獨自留下的江次烈，好長一段時間都站在原地。

回到辦公室，江次烈便對調查本部長進行口頭報告。然後回到自己位置坐下，開始撰寫結案報告。以前不曾有像這次一樣，讓他心情如此沉重的案件。死去的李炳春，慘遭殺害卻連遺體都沒找到的李昇勳，還有為了挽救破滅的家庭賣身賺錢，又不顧危險挺身報仇的李昇珠，都讓他的心很不自在。

報告寫著寫著，江次烈忽然歪了歪頭。寫這份報告是為他心底的沉重一一確認的過程，但總覺得有個部分過意不去，好像遺漏了什麼，江次烈逐一檢查自己寫的報告和證據資料，無一缺漏。調查上沒有問題，證據也很明確，而且還活著的吳善赫，和李昇珠的口供都對得上。

他深吸一口氣，又再吐出來。大概是因為比起其他案件心情更沉重，才會這樣吧。就像出門旅行前總覺得少帶了些什麼，等到真正出發之後，才會發現什麼都不缺，他想，大概跟這個感覺差不多吧。

約莫三十分鐘後，崔仁旭回到調查本部，他們也即將回歸刑事一組了。江次烈站起來，親自泡了咖啡，再走到崔仁旭的座位放下咖啡，崔仁旭不可思議地抬起頭看他。

「學長還會喝咖啡啊？」

「我也想活得善良一點啊。」

崔仁旭噗哧笑了出來，那笑容裡帶著一點苦澀。

「那個，吳善赫啊。」

喝了一小口咖啡之後，崔仁旭支支吾吾地開口。次烈看向他，崔仁旭不好意思地笑了，又接著說。

「為什麼他要把李昇珠的情報給學長啊？如果只是想自己脫身的話，一開始就可以給了不是嗎？還是他到最後都不想給，只是因為自己好像快死了，才提供情報嗎？」

江次烈搖頭。他已經從吳善赫口中親自聽到這個問題的答案了。

「他一開始並不知道李昇珠和李紫熙是同一個人，所以才不肯自首九年前的案件。因為不想讓李昇珠，不，是不想讓身為他女朋友的李紫熙知道這件事。」

江次烈想起李昇珠被逮捕坐上警車的時候，吳善赫在最後提出的疑問。

儘管在那個很可能被無情嘲笑的瞬間，吳善赫還是問了。對他而言這件事很重要。吳善赫是真心的。就算知道女朋友就是李昇珠，還有知道她是刻意接近的那個瞬間，吳善赫仍然是一片真心，所以他才會對次烈說那些話。

在江次烈決定對他說出真相的那天，吳善赫從摔壞的手機吊飾裡發現竊聽器，於是明白了一切。他告訴江次烈自己會帶李昇珠去釣魚，拜託他們到時候再逮捕她。雖然在逮捕的現場，李昇珠用彷彿被髒東西沾染的表情對善赫說出嫌棄的話，但其實不是那樣的。

「我死沒關係。但要是那樣的話，她會自殺。」

吳善赫之所以叫李昇珠出來想讓她被捕，是為了阻止她自殺，江次烈也同意這個想法。她的爸爸和哥哥，現在都不在了，她自己則成為殺人兇手。假如她哥哥的最後一個仇人——吳善赫被處理掉了，那她也沒有理由再活下去，吳善赫對李昇珠是真心的。

「啊，原來是這樣！真是可憐啊。」

「等等。」

崔仁旭的話開始在他耳邊飄過。關於不久前那份不踏實的感覺，次烈好像忽然看見它的蹤影。回想他自己剛才說完的話，那份不踏實逐漸成形。江次烈的眼睛瞬間睜大，他急忙拿出手機，撥出電話。鈴響的同時他依然急躁不已，用一隻手在桌上敲擊著。

「您所撥的電話無法接聽……」

「為什麼不接電話！」

江次烈又打了一次，依然無人接聽。他猛然起身，拿著車鑰匙跑出辦公室。雖然崔仁旭在背後叫他，但他頭也不回地走了。

坐上停在停車場的車，他立刻朝吳善赫的家奔去。在路上不停變換車道，試圖開得更快。受到驚嚇的其他車輛朝他按了喇叭，但次烈並沒有減速。

江次烈的車停在吳善赫家的大樓前，發出尖銳的煞車聲。次烈按下電梯的上樓按鈕，電梯停在二十八樓。次烈看著數字逐漸減少，實在忍受不了那緩慢的速度，便直接跑上樓梯。

終於抵達吳善赫的家，他喘著粗氣，用力按了好幾下門鈴，對講機裡一點聲音也沒有。

他情急地敲著門。

「吳善赫！吳善赫！」

還是沒有任何回應。江次烈看向四周，電梯前面放著滅火器。他拿起滅火器猛然砸向門鎖，在走廊上發出巨大的聲響。可能是聲音太大，對面的鄰居太太打開門，探出頭來。江次烈單手掏出皮夾，沉默地亮出警證，她又把頭縮了回去。

「吳善赫！」

不安感蔓延他全身，他更用力地敲擊門鎖。敲了第五下之後，終於聽見碎裂的聲音，門開了。江次烈沒有脫鞋，直接衝進裡面，但四處都沒有看見吳善赫的蹤跡。客廳、廁所、還有當作臥室的夾層，都不見他的人。江次烈劇烈地喘氣，站在客廳中間，拿出手機開始撥打。

手機沒開機，不管打幾次都一樣。如此一來，只能確認最後的訊號是從哪裡發出了。

但也不能保證那就是吳善赫目前的位置。江次烈再次向某處撥打電話，響了幾聲之後，對方接起電話。

「學長！你去哪裡了？」

是崔仁旭，沒時間多說了。

「你現在馬上通緝吳善赫，然後請越善面警察局協助，他大概跑去越善面了。」

「學長你在說什麼啊？」

「吳善赫，大概是要去越善面自殺。」

這個人明知道對方是為了殺人而接近自己，卻因為怕她去死，而選擇向警方報案。如此深愛李昇珠的吳善赫，現在能做的事也只有為她一解宿怨了。那就是告訴她李昇勳的遺體在何處，還有如她所願，讓自己以死償命，如此而已。

「你下地獄吧。」

想到紫熙的最後一個表情，他的心就像被針刺般疼痛不已，已經想不太起來她從前對著自己微笑的臉龐了。

紫熙很憤怒。她大概以為善赫沒有反省，只想自己活命，所以使計向警方舉發她。雖然善赫感到心痛，卻也沒有想為此辯駁。

善赫知道，紫熙殺了他之後，最後也會跟著一起自殺。就像她的父親一樣，完成了一切，也失去了一切。

殺死李昇勳的人並不是自己，善赫也不是沒想過要告訴紫熙這件事。事實就是這樣，那是元泰突然闖的禍。根本來不及阻止。如果這樣說明，紫熙會不會對他多少抱持一點諒解呢？他稍微這樣想了一下。

但善赫決定不這麼做。不管怎麼說他都在現場，也幫忙埋了屍體，而且把這個祕密守了九年。這九年以來，他也吃好穿好，一個人活得好好的，這是無法饒恕的。

他有反省、有後悔，九年前不應該發生那樣的事。那個男孩要他把皮夾還來的時候，他就應該要還給他。

他不該去追那個想逃跑的男孩，也應該攔著說自己被打而憤怒不已的元泰。就算人死了，他也該去自首才對。

但假如時光倒流，善赫無法肯定不會再發生同樣的事。那個時候就是那樣，覺得和朋友們成群結隊、打打鬧鬧，就是所謂的友情，覺得要替朋友掩蓋錯誤才是友情。當時元泰因為對懷孕的老師有暴力舉動，遭到不羈押起訴，甚至被警方調查。如果再加上一條殺人罪名，他的人生就毀了。

對於當時的善赫而言，比起莫名被殺死的受害者，殺人朋友的人生更有份量，那時就是如此懵懂無知。

善赫停好車，這裡時光流逝的速度和都市好像不一樣。過了九年，看起來還是沒什麼變化。他找到前往露營場的路，慢慢走過去。

有很多地方出乎他的意料。以前覺得這條路很長，但沒走多久，那棟建築便出現在他眼前，尺寸感覺也比以前小了許多。過去的露營設施現在變成某個公司的研修宿舍，他繞了建築一圈，從後門走進去。可惜的是，他們曾經暢行無阻的後院現在拉起圍籬，不能進去。圍籬裡面整理得異常乾淨，不像以前那樣草都快長到腰上。那裡現在變成韓式足球場和網球場，不知道是不是有活動才會使用，現在一個人都沒有。

善赫沿著圍籬繞著後院走去，還是會怕腳一不小心踩錯，就掉下去，但這裡已經不像從前那樣是懸崖，也已經蓋好安全的斜坡，大概是為了預防意外而蓋的。

幸好那個山洞還在。

他們會在那裡抽菸，也在那裡喝過酒。還會帶女孩子去，開一些無聊透頂的玩笑。失蹤案發生的時候，這裡自然也有搜索過，假如他們當初挖了土，假如屍體那時候就被發現的話，現在會有什麼不同呢？

他們把李昇勳的屍體埋在山洞旁邊的土裡。那時跟現在不一樣，山洞入口的正前方就是懸崖。要從這個位置伸長手臂，緊緊抓住山洞入口的牆壁，把一隻腳伸進洞穴裡踩好，之後身體轉一圈，才能順利進入山洞，應該不可能會有人搜到這裡。自從把李昇勳埋在山洞入口旁邊後，他們之中就沒有人再過來這裡了。

善赫在埋著李昇勳的位置前站定。陽光燦爛。汗水弄濕了他的背，他目光朝下，在那站了好長一段時間。滴答，有水沿著他的下巴滴下，他又彎下腰。

「對不起，對不起。」

汗水混合著淚水不停流下，一開始的哭泣逐漸化為嗚咽。許多念頭在善赫腦海中閃過。他一開始在想紫熙的事，接下來又開始思考李昇珠這個名字。他想著這段期間她假裝愛著自己，不知道有多痛苦，然後又想起她的父親，再想起畢鎮和元泰。他們真的受到應有的懲罰了嗎？他想起撞見白道振屍體的那天，不禁閉緊雙眼。他最後想到的事情，還是又回到紫熙。他能為她做的事，現在只剩下一件。

善赫打開他帶來的背包，裡面裝著長長的繩子。他還在想哪裡有地方可以掛上繩子，但幸好這裡變成研修宿舍，蓋了一圈圍籬。他把繩子掛到圍籬上，然後從圍籬的格柵中，把掛上去的繩子拉出來綁好，製造出一個自己的腦袋進得去的圓圈。

他深吸一口氣，再吐出來。到了這時候，心反而平靜許多。他把圓圈拉到脖子上，接著拿出手機。一打開關閉的電源，江次烈刑警的來電便分秒不差地響了起來，也有好幾通未接來電。

他等待鈴聲停歇，再按出江次烈刑警的號碼，開始輸入簡訊。

九年前的那個露營場現在變成上水企業的研修宿舍了。沿著那邊後院的圍籬外圍走，就可以找到我。然後下面……是李昇勳先生的位置。雖然我不該就此被原諒，但我希望李昇勳先生現在可以安息。然後再麻煩轉達給李昇珠，請她放下心結，一定要活下去。

他把手機丟到地上，然後閉上眼睛，往前踏了一步。他的身體立刻就往斜坡滑了下去。呃，瞬間便感覺呼吸被堵住了。繩子深深陷入頸部，他不自覺地開始掙扎。他用手緊緊揪著脖子，儘可能想擺脫繩圈。但已經無法挽回了，心底又慶幸起來。

跟他逐漸模糊的視野一樣，他的神智也越發朦朧，善赫在這之中淡淡想著。

李昇勳死了，畢鎮和元泰也因為這件事死了。

白道振死了，李昇勳的爸爸也死了。李昇珠不得不去賣身，變成了李紫熙，必須在仇人的身邊嶄露笑容。現在他自己也要死了。雖然紫熙活著，但不曉得她渴望自殺的心情會不會消失。想到這裡，他忽然出現一個念頭。

我們到底殺了誰呢？

雖然想再思考下去，但善赫的神智就此落入黑暗之中。

愛小說 12

我到底殺了誰？

作者：鄭海蓮・著

出版發行
橙實文化有限公司 CHENG SHI Publishing Co.,Ltd
粉絲團 https://www.facebook.com/OrangeStylish/
MAIL:orangestylish@gmail.com

作　　者　鄭海蓮
翻　　譯　徐小為
總 編 輯　于筱芬
副總編輯　謝穎昇
業務經理　陳順龍
美術設計　點點設計

編輯中心
ADD ／桃園市中壢區山東路 588 巷 68 弄 17 號
No. 17, Aly. 68, Ln. 588, Shandong Rd.,Zhongli Dist.,
Taoyuan City 320014, Taiwan (R.O.C.)
TEL ／（886）3-381-1618 FAX ／（886）3-381-1620

全球總經銷
聯合發行股份有限公司
ADD ／新北市新店區寶橋路 235 巷弄 6 弄 6 號 2 樓
TEL ／（886）2-2917-8022　FAX ／（886）2-2915-8614

初版日期 2025 年 7 月